原作 荻上直子
ノベライズ 百瀬しのぶ
絵 今日マチ子

彼らが本気で編むときは、

PARCO出版

彼らが本気で編むときは、

トントントン。

ランドセルを揺らして、マンションの外階段を上がってくる。玄関の鍵を開けると、部屋の匂いがトモを包み込む。

ただいま。

トモは心の中でつぶやいた。少し前までは声に出して言っていたけれど、五年生になってから、もうやめた。今朝、家を出るときには寝ていた母親のヒロミは、トモが帰るころには出かけている。

玄関を開けると、まっすぐにキッチンとダイニングが見渡せる。いつもカーテンを閉めっぱなしの薄暗い部屋。入ってすぐに、キッチンがある。ヒロミは料理をしないから、三角コーナーの中に生ごみはない。でもレトルト食品の袋や、プラスチックの容器類、洗っていない食器の匂いがまじって嫌な匂いを発している。それらの匂いは、もう何日もタオルハンガーに干しっぱなしの洗濯物にうつっている。

トモはまっすぐにリビングに行き、テレビのスイッチを入れる。ちょうど夕方のニュース番組が始まった。内容には興味がないけれど、とりあえずつけておく。

ダイニングのつきあたりにベランダに出る窓があって、カーテンレールにかけたピンチハンガーに洗濯物が干してあった。晴れている日でも、トモの家では洗濯物は部屋干しばかりだ。

トモは少し背伸びをして、洗濯物をはずしていった。タオル、トモのスパッツ、部屋着の短パン。だらしなく干されたストッキング、ヒロミの下着……。閉めっきりのカーテンの向こう側から射してくる西日に照らされながら、散かり放題の床に座ってたたみ始める。自分のもの、ヒロミのもの、と分けていき、ふと手を止めた。今まで見たことのない、新しいブラジャーだ。おそろいのパンツもある。

きれいな下着が増えると、ヒロミがいない日も増えてくる。またこの時期がやってきた。トモは小さくため息をついた。新しい服や下着が増える時期のヒロミの目には、トモはまったく映らなくなる。でも、機嫌が悪い時期よりはマシかもしれない。暗い顔をして帰ってきて、ふさぎこみ、何を話しかけても反応がなく、トモにまで八つ当たりする。家にいる時間が増えるのはそんな時期だ。ヒロミはここ数年、そのふたつの時期の行ったり来たりを繰り返している。今は家にいない時期。機嫌がいいのだからそれでいい。トモは無理やりそう思うことにした。

テーブルには、コンビニのおにぎりがふたつとレトルトの味噌汁が置いてあった。おにぎりは紅鮭と昆布。味噌汁はシジミ。味はいつも決まっている。

宿題をやる前に、とりあえずおにぎりをひとつ、手に取った。セロファンを開けて、ゴミ箱に放る。ごみ箱はおにぎりのセロファンでもう溢れそうだ。おにぎりの海苔が、トモひとりしかいない家の中にパリ、パリと、やけに乾いた音を立てた。

お風呂から出て、髪を乾かした。明日の支度も終わった。トモはダイニングの横にある和室に行き、壁際にふたつに折りたたんであった布団を敷いた。トモは今朝起きたときに一応ふたつ折りにして部屋の隅に寄せておいたけれど、ヒロミの布団は敷きっぱなしだ。

くたくたになった猫柄のハンドタオルを握りしめて、布団に入った。いったいいつから使っているのだろう。気がついたときには、このタオルがないと眠れなくなっていた。

ガチャリ。夜中に玄関が開き、バタバタとトイレに駆け込む音で、目を覚ました。

「……オエェ、オエェッ」

ヒロミがトイレで吐いている。布団の中でじっとしていたトモは、手で耳をふさいだ。これまでだって何度も、こんな夜はあった。でも、いくら慣れたからといって、好きではない。お酒を飲んでふらついているヒロミも、酔っぱらってわけのわからないことを言って泣いたり笑ったりするヒロミも。

トイレから出たヒロミが、蛇口をひねる音がする。口をゆすいで寝室に入ってくると、服のまま布団に倒れ込んだ。掛け布団をかけずに、そのまま眠ってしまっている。

「う～」

寝返りを打ったヒロミは、トモに背を向けて寝息を立てだした。トモはそっと、ヒロミの方を見る。ヒロミは体の下にあった掛け布団を巻きつけ、白いブラウスの肩を上下させていた。


目覚ましが鳴って、起きる。着替えを済ませてテーブルに座り、髪を後ろでひとつに結ぶ。ヒロミが前に美容院に連れていってくれたのはいつのことだったか思い出せない。前髪もずいぶん伸びてしまった。テーブルにはコンビニのおにぎりがひとつ、昆布の方がまだ残っている。シジミの味噌汁も飲んでいない。昨日は結局、紅鮭しか食べなかった。お腹はすいているけれど、給食までのがまんだ。

「あ～、死ぬ～」

ヒロミがぼさぼさの髪をかきむしりながら、和室から出てきた。今にも吐きそうな、イヤな感じの咳をしている。

「行ってきます」

トモは急いでランドセルを背負って、玄関に向かった。

「ああ」

ドアを閉めると同時に、水を飲んでいるヒロミの声が聞こえた。

＊

始業前の教室内では、男子が追いかけっこをしたり、女子がいくつかのグループに分かれていて、話しこんだりしている。トモの席は教室の真ん中あたり、後ろから二番目だ。トモの席の周りには、アヤとクルミ、ユキノが立っている。手先が器用なアヤがトモの後ろで、髪を三つ編みにしてくれる。

「あ、そういえば最近、ハルナと清水がつきあいだしたらしいよ」

「え、マジで」

クルミとユキノが噂話をする声に、男子たちの笑い声が混ざる。このクラスのお調子者の男子たちは、さっきから黒板に楽しそうに落書きをしている。

『HOMO』『クソ変態』『サワムラカイ　オカマ』

水色やピンクのチョークを横に持ち、太字でそんなことを書いては喜んでいる。男子って子どもだ。トモはつくづく思う。

「ハルナ、他の学校の男子にまで手出ししてんだ」

アヤが声をひそめる。

「ねえ、誰、清水って」

トモは尋ねた。三人は清水という男の子を知っているようだけど、トモは知らない。

「塾で一緒の人」

「トモも塾行こうよ」

「えー」

塾の話題になったので、トモは曖昧にごまかした。

「無理だよ、こいつんち母子家庭でビンボーだもん」

黒板に落書きをしていたユウタが、突然トモの席の方にやってくる。

「うるせーよ」

トモは即座に言ってやった。

「デブ、あっちいけ」

「焼き豚にして食うぞ」

「やだ、まずそ〜」

アヤたちも容赦ない。

「うるせー、ブス」

「は？」

「黙れ」

「キモッ」

「ダサッ」

「ありえない」

男子と女子が言い争っている間に、落書きの対象となっていたカイが無言で立ち上がり、黒板を消しにいった。襟元と裾にラインの入った、質の良さそうな白いVネックのセーターにチノパン姿のカイ。この学校ではこんな服を着ているのはカイぐらいだ。色白で、手足が華奢で、女の子みたいなカイの後ろ姿を見ているうちに、女子に口で負けた男子たちは廊下に出て行った。アヤたちはまた噂話の続きに戻る。

「で、どこでデートしてるの？」

「公園とか遊園地に行ったりしてんだって」

「ふたりだけで？」

「うん」

「うそっー、気持ち悪くない？」

ユキノの言葉にアヤとクルミはうなずきあっている。と、そのとき、落書きを消し終わったカイが振り返った。雨に濡れた子犬のような——そんな言葉をこの前テレビで耳にしたけれど、カイはまさにそんな目をしている。カイと目が合って、トモは自分がカイの姿をずっと見ていたことに気づいた。一瞬カイと見つめ合ってしまったトモは、慌てて目を逸らす。

「ヤバいよね？」

ユキノたちはまだ、ハルナの噂話をしていた。声をかけられたトモは、ニッと笑ってうなずいた。

学校の帰り道、トモはひとりで歩いていた。トモが暮らす、坂道の多い北の街は、始業式くらいまではまだ寒かった。だんだんと春の空気が満ちてきたのはここ数日だ。厚手のコートはもういらないし、道端では小さな花が咲き始めている。

マンションに続く階段を上がろうとしたとき、ピコピコと鳴る電子音が聞こえてきた。顔を上げると、カイが階段に座ってゲームをしていた。トモはカイを無視して、早足で階段を上がって行く。

「新しいゲーム買ってもらった。やらない?」

カイが立ち上がった。

「あんたさ」

トモは言った。

「学校でアタシのこと見ないでよ。同類だと思われるでしょ」

「見てないよ」

「見てたじゃん」

トモは、立ち尽くすカイを置いてマンションへ入っていった。

カイは学校に友だちがいない。トモは一年生からずっと同じクラスで、これまでに何度か隣の席になったことがある。トモが持っていないゲームを持っているから、低学年の頃、何度か学校の帰りに遊んだことがある。最初はカイの家で遊んでいたけれど、そのうちにトモの家で遊ぶようになった。トモを見るカイの母親の目が笑っていないことに気づいたからだ。カイも、誰もいないトモの家の方が落ち着くみたいだった。ふたりの家庭環境は全然似ていないのに、どことなく同じ匂いを感じるのか、カイはトモには親近感を抱いているようだ。

でも、高学年になってからはカイとは距離を置くようにした。カイには悪いけれど、勝手に友だちだと思ってほしくない。高学年になると、男子と女子が仲良くしているとすぐ噂になる。しかも相手がカイとなると、さらに複雑だ。女子社会は生きていくのがたいへんだから、仲間外れにならないように注意を払って無難にやってきた。学校生活では面倒を抱え込みたくない。それでなくても、トモの日常は面倒なことばかりなのだから。

玄関を開けてすぐの棚の上に鍵を置く。今日は、ただいま、と言わなかった。でも別にたいした意味はない。和室をのぞいたけれど、布団は敷きっぱなしで、ヒロミはいない。いつものことだ。リビングの床にランドセルを置いてテーブルの上を見ると、昆布のおにぎりと、シジミの味噌汁があった。それは、朝出て行ったときと変わらない。でも、おにぎりの横に、メモと一万円札が二枚置いてあった。

なんだろう、と、メモを手に取ってみる。

適当な紙に、殴り書きのように書いてあるヒロミの字を読んだトモは、しばらく文章の意味を理解することができなかった。鼓動が早まり、うまく息ができない。肩が激しく上下する。心臓が耳元で鳴っている。このまま自分の心臓の音に飲み込まれてしまいそうだ。

呼吸が普通に戻るまで、しばらく動けずにいた。ようやく気持ちを静め、大きく息をひとつ吐くと、トモはメモをくしゃっと丸めた。

移動教室用に買ったリュックを背負い、トモは川沿いの道を歩いていた。このあたりの桜は、ほんの少しだけ芽吹いてきている。橋を渡る途中でふと足を止め、欄干から身を乗り出して川をのぞいてみた。住宅街を流れる小さな川なので、水はけっしてきれいではない。それでもけっこう水量は多く、石にぶつかりながら音を立てて流れていく。トモは口の中に唾をため、垂らしてみた。唾液はすぐに見えなくなる。トモは欄干につかまったまま体を反らした。

「あーーーーー」

空に向かって、モヤモヤした気持ちを吐き出すように、息が続くかぎり叫んでみる。息はすぐに苦しくなった。こんなことをしたって気持ちが晴れるわけがない。トモは欄干を離れ、スタスタと歩き出した。

＊

書店に着いたトモは、コミック本のコーナーに向かった。クラスの子たちの間で今、流行っている漫画を探すと、平積みされていた。二万円もあるのだから、大人買いしてやる。トモはコミック本を数冊手に取って、レジに並んだ。

「ありがとうございました。またお越しくださいませ。次の方、どうぞ」

前の客の応対をしていた店員の、気真面目そうな声が聞こえてくる。トモはレジに向かい、ドン、とコミックを置いた。眼鏡の男性店員はトモを見て一瞬手を止める。

「……また？」

レジの中であきれ顔をしているのは、ヒロミの五歳下の弟、マキオ。トモの叔父だ。トモは黙ってうなずき、財布を取り出した。

「いいよ。買ってあげる」

マキオは本をレジに通しながら言った。

「まったく、どうしようもないヒトだな」

マキオは本を緑色のビニール袋に入れながら、ため息をついている。

「何時に終わる？」

袋を受け取りながら、トモは聞いた。

「六時半」

マキオは短く答えた。


マキオはいっさい残業をしない。大学卒業後、本が好きだという単純な理由で大手書店に勤めて十数年。最初は総務部にいたけれど、同居していた母親、サユリが倒れて入院したことを理由に、時間の融通が利く販売部に異動願いを出した。どんなに忙しくても定時退社するのがマキオのスタイルだ。

トモが来てからすぐに、裏の休憩室へ行ってヒロミの携帯に電話をかけてみた。でも出ない。今度は職場の代表番号に電話をかけてみる。

「ワタクシ、経理部オガワヒロミの弟ですが、オガワをお願いします」

すると、少々お待ちください、と言われ、保留のメロディに切り替わった。

そしてしばらくして戻ってきた社員は、ヒロミはもう退職したと、マキオに伝えた。

「……そうですか、ありがとうございました」

マキオは電話を切り、深くため息をついた。

退社後、書店の裏口に出てきてあたりを見回すと、トモがしゃがんでさっき買った漫画を読んでいた。春になり日が長くなってきたので、六時半とはいってもそれほど暗くはない。

「姉ちゃん、仕事辞めてた」

マキオはトモの反応を待った。驚くかと思ったけれど、トモは表情ひとつ変えずに漫画に没頭している。いや、没頭しているふりをしているのかもしれない。幼い頃、母親とヒロミはしょっちゅうマキオの目の前で大喧嘩をしていた。そんなとき、マキオもじっと本を読んでやりすごした。トモを見ていて、あの頃の自分をふと思い出す。

「今度はどこに行ったって？」

マキオは少し間をあけて、トモの隣にしゃがんだ。

「知らん」

トモは顔を上げずに答えた。

「相手は？」

小学校五年生に対しては残酷な質問だ。そう思いつつも、聞いてみた。

「知らん」

そういうことらしい。

「キミも、ダメな母親を持って苦労するね」

マキオはもう一度、ため息をついた。

「トモ」

呼びかけると、ようやくトモが顔を上げた。

「トモ、大きくなったね」

微笑みかけると、トモは何か言いたげな表情を浮かべた。けれど、またすぐに漫画に視線を戻した。


自転車を押すマキオと並んで、トモは夕暮れの川べりを歩いた。川といっても、トモの家のそばにあるような街の中を流れる小さな川ではなくて、土手があって下に降りることができる、大きな川だ。時折、電車が鉄橋を渡っていく音が聞こえる。

「前はいつだった？」

マキオが前を向いたまま尋ねてきた。

「三年の夏休み」

「そっか」

ふたりはそれからしばらく黙って歩いた。

一年半ぐらい前、トモは同じ境遇に置かれていた。あのときはどうしていいかわからなくて、マキオの本屋に行くまでも心細くて、マキオの顔を見るなり店で大泣きして困らせた記憶がある。

でもヒロミは二学期が始まる前にケロッとした顔で帰ってきた。ヒロミはまたトモとふたり暮らしに戻り、しばらくはおとなしくしていたものの、すぐにまたふらふらし始めて、トモをひとりにさせることが多くなった。だからもう慣れた。あのときのトモとは違う。いちいち泣いていたらやってられない。

「どうせまたすぐフラれて戻ってくると思うけど」

マキオが言う。

「……どうでもいい」

トモは投げやりな口調で言った。正直な気持ちのような気もするし、無理をしているような気もする。毎日精一杯意地を張っているから、自分の本当の気持ちが自分にもよくわからない。前にヒロミがいなくなったときは、マキオもトモも動揺してあちこちに連絡をしたし、あれこれと対策も立てた。でもそのときにわかったことは、ヒロミ自身の気が済むまでは周りが何を言っても無駄だということ。だからもう、マキオもトモも無駄なことはしない。

「……ねぇ、家着いたらＷｉｉやりたい」

「いいよ」

「誰かアタシの前の記録、破った？」

「さあ、どうだろう」

マキオは前方に向き直って言った。その口元は、意味ありげにほころんでいる。そして……。

「あのさ……実は、一緒に住んでいる人がいる」

マキオの口から飛び出した想定外の言葉に、トモは「え」と言葉を失い、立ち止まった。マキオも立ち止まり、トモを見る。

「とても、大切にしている人なんだ」

学校の先生が国語の時間に新しい言葉を教えてくれるときのように、マキオはゆっくりと言った。トモは急いで頭の中を整理する。

それはつまり、マキオの奥さん？　これから奥さんになる人？　トモが行ったら邪魔だっていうこと？　トモはマキオの家にも行かれないの？

「トモのことは、話した。姪っ子が来るって言ったら喜んでた」

マキオは、トモの不安が伝わったのか、やさしく説明してくれた。

「でも、ちょっと、なんと言うか、変わった人で、いや、変わっているっていうのは違うかな……」

マキオは再び前方に向き直り、歩き出した。

「彼女に会う前に言っておいた方がいいと思って……」

変わった、人。それはどういうことだろう。

学校ではみんな、カイのことを変なヤツだって言う。ヒロミはマキオのことをアイツは変わり者だから、って言うし。マキオの言う変わった人、っていうのがどんな人なのかはよくわからない。

トモはマキオの後ろについて歩いた。後ろから見ても、マキオの顔がとても穏やかで、にこにこしているのがわかった。ヒロミも、浮かれているときはいつもこんな顔をしている。でもこんなマキオは、今まで見たことがない。

＊

書店から歩いてくると、ずいぶん時間がかかった。ようやくたどり着いたマキオの家は、古い団地だ。自転車置き場の空いているスペースにきちんと自転車を停めたマキオと、階段を上がっていく。

「ただいま」

マキオが鍵を開けて中に声をかける。そういえばこれまでは、マキオは「ただいま」なんて言わなかった気がする。いったいどんな人が出てくるのだろう。

「おかえりー」

マキオの「大切にしている人」が現れた。部屋のあかりの中にほんのりと浮かぶその人は、花柄のワンピースにカーディガンを羽織っていた。

「いらっしゃい、トモちゃん」

背の高い彼女はすこしかがんでトモと目線を合わせ、笑いかけてくれた。話し方も声もとてもやさしそうだ。

「あ、はぁ」

トモはその場に固まっていた。

「リンコです」

リンコ。その人は言う。あまりお化粧もしていないのに、とてもきれいな人だ。でもこの人……トモは身を硬くした。

「どうぞぉ」

リンコはトモに部屋の中に入るよう言った。

マキオの家は、玄関を入ると左にリビングとキッチンがあって、右に寝室にしている和室がある。トモのマンションと作りは似ているけれど、マキオの家はキッチンが別になっている分、広い。いつもだったらすぐにソファに座ってゲームを始めるのだけど、トモはそうせずにリビングを見回していた。

「前に来たときと全然違う?」

ふすまを開けっぱなしにした和室で上着を脱ぎながら、マキオが問いかけてくる。トモは無言のまま、立っていた。

リビングにはあかりが点いていた。でもそのあかりの雰囲気が、前に来たときと全然違う。前は天井に点いていた普通の照明が、白く光っているだけだった。でも今はあちこちにスタンドがあって、その光が壁や床に反射して部屋全体をほんのりと明るく照らしている。和室もそうだ。

「テレビと本しかなかったもんな」

マキオの言う通り、前は棚に本が並べられているだけの殺風景な部屋で、本のせいなのか、ホコリくさい匂いがした。でも今は、本の匂いは全然しない。甘い、いい匂いがする。

前に来たときはなかったテレビボードには、可愛い猫の置物や花が飾ってあった。ソファの背にさりげなくかけてあるブランケットも、置いてあるいくつかのクッションも、カーテンも、観葉植物も、みんな雑誌に出てくるみたいにおしゃれだ。和室には鏡台があって、メイク用品やマニキュアが並んでいる。

「リンコさん、すいません、急に。昔からいいかげんな姉で」

部屋着に着替えたマキオが、キッチンで料理をしているリンコに声をかけた。するととの、料理中のリンコが振り返ってマキオを睨むようにして無言で首を振っている様子が目に入った。

ダメよ、そんなこと言っちゃ。

リンコはマキオに目顔で注意している。トモに気を使ってくれているのがわかった。それでも、居心地の悪さは変わらない。

マキオがキッチンに入っていったのをきっかけに、トモはソファに座ってWiiの画面をつけた。スタンドの淡いあかりに照らし出された部屋の中に、不釣り合いな電子音が流れ出す。テレビ画面で対戦ゲームごとのランキングを見ると、これまで一位はすべてトモだったのに、どのゲームもRinkoの名前で更新されている。きれいで物静かな雰囲気だけれど、ゲームうまいんだ。なんだか複雑な気持ちになる。

「トモちゃんが来るって聞いて、嬉しくていっぱい作っちゃった。さ、食べよ」

テーブルに料理の皿を並べながら、リンコが声をかけてきた。

「はぁ」

聞こえてはいたけれど、トモはゲームに夢中だった。今は手が離せない。

「トモ」

マキオがふたり分のコップにビールを注ぎながら、強い口調でトモを呼んだ。トモは仕方なくゲームを終えて、テーブルにつく。

わぁ。

テーブルの上に並んだ料理の皿を見て、トモは声を上げそうになった。

炊き込みご飯。わかめのお味噌汁。鶏の唐揚げ。かぼちゃのサラダ。料理の名前はわからないけれど、エビの入った中華風の炒め物……。色とりどりの料理が、それぞれの皿に美しく盛りつけられている。

テレビのCMやドラマに出てくる食卓みたい。こんなに品数の揃った夕食を、トモはこれまで食べたことがない。そしてこのとき、トモは自分がすごくお腹が空いていることに気づいた。

「いただきます」

マキオとリンコは両手を合わせ、微笑みを浮かべながらビールのコップを合わせた。トモは目の前のごちそうにすぐにでも手を伸ばしたかった。でも、向

かい側でマキオと話しているリンコのことを、盗み見た。

やっぱりこの人は……男……だと確信した。でも本人にはもちろん、マキオにも聞けない。

「遠慮しないで、いっぱい食べてね」

リンコがこちらを向いた。

「いただきます」

トモも両手を合わせた。いったいどこから手をつけたらいいんだろう。よくわからないけれど、とりあえず一番好きなものにしよう。トモは唐揚げをひと口食べた。衣がサクサクしていて、中はジューシーだ。何より、冷たくない。できたての味がトモを感激させる。お茶碗に盛られたご飯を食べる。炊き立てのお米は温かくてふんわりしている。

「おいしいでしょ。リンコさん、料理得意なんだよ」

マキオが嬉しそうに言う。

「やめてよ。料理なんて、本見りゃ誰だってそれなりにはできるのよ」

リンコは口に手を当てて笑う。ひとつひとつの動作が、とても美しい。

「トモちゃん、好きな食べ物は？」

「あ、なんでも。全部、おいしいです」

トモは緊張しながら答えた。

「そんな答えダメ。ちゃんと教えて」

「えっと、切り干し大根とか、シジミの醤油漬けとか」

一生懸命考えて答えると、リンコはふきだした。

「しーぶい。おっさんみたい。っつーか、絶対将来酒飲みだね」

「なんだよ、その居酒屋メニュー」

マキオも笑っている。その通り、ヒロミが気まぐれに連れて行ってくれる、近所の居酒屋のメニューだ。

「トモちゃんがいる間に絶対作ってあげるからね」

リンコは微笑みながら身を乗り出してきた。その言葉になんと答えたらいいのかわからなくて、トモはうつむいた。はい、作ってください、っていうのもなんだか違うし、いえそんな……と遠慮するのもなんだか違う気がする。ていうか。

トモちゃんがいる間、と言うけれど、いったいいつまでここにいることになるのだろう。

「ああ、なんかシジミの醤油漬け、食べたくなってきちゃったぁ、台湾風のやつ。マキちゃん、ビールもう一本」

手酌して自分のコップにビールを注ぎ、瓶を空にしてしまったリンコが言うと、マキオは、はいはい、と席を立ってキッチンに向かった。久々に自分以外の人と食卓を囲んだトモは、目の前のおいしい料理に箸が止まらなくなっていた。


トモがお風呂からあがってくると、マキオがソファで眠っていた。上半身は部屋着のチェックのシャツを着ているけれど、下はトランクス姿だ。

「ほらマキちゃん、そんなとこで寝てないで」

Ｗｉｉを片づけていたリンコが、マキオに注意している。

「ん……」

文庫本を手に持ったまま寝ているマキオは、返事だけはしているけれど、まったく起きる気配がない。トモはリビングの手前で立ち止まり、ふかふかなバスタオルで髪を拭きながら、ふたりのやりとりを見ていた。

「ほら。マキちゃん、お風呂入っちゃいな」

リンコはそばにいってマキオの体を揺すった。

「ん」

マキオはそれでも起きる気配がない。

「ほら」

リンコがさらに強く揺すると、マキオはガバッと起き上がった。シャツを脱ぎながら、トモの横を通り過ぎて浴室に向かう。

「ダッサイよね。いったいどこでああゆう柄のパンツを見つけてくるんだろうね」

リンコはトモを見て笑った。たしかにマキオは薄い黄色とかオレンジとか紫の、謎の模様の、ぶかぶかのトランクスをはいていた。リンコはそのまま和室に入って行き、布団を敷き始める。

「トモちゃん、手伝って」

声をかけられて、トモも和室に行った。リンコが持っているシーツの片方を広げて、敷布団の下に入れる。

「ここでいい?」

「はい」

トモはうなずいた。和室は三人分の布団でぎゅうぎゅうになっている。水色とピンクの布団が並んでいて、そこがきっとマキオとリンコ。トモはふたりの足元の空いたスペースに、直角になるような形で、白い布団を敷いてもらった。

「ごめんね、狭くて」

「いえ」

「学校は? どうする? ここからだと、電車?」

「いや、ちょっと遠いけど、歩けない距離じゃないから」

「そう」

「でも明日は休んで、家に帰って荷物持ってきます」

「うん。じゃあ、お昼のお弁当作ってあげる」

「そんな、大丈夫です。適当に何か買って食べます」

トモは慌てて首を振った。なんでリンコはこんなに親切にしてくれるのだろう。たしかに夕飯は美味しかったけれど、お弁当まで作ってもらわなくても……と、戸惑ってしまう。ヒロミが置いていったお金もあるし、何か買って食べることなんて慣れている。

感じ悪くならないように気を使いながら首を振ると、リンコは何も言わず、笑みを浮かべながら布団を整え始めた。

トモは何気なく顔を上げてリンコを見た。リンコの横顔は鼻筋がすうっと通っていてほんとうにきれいだ。でも気になったのは鼻筋じゃなくて、シーツを整えているリンコの胸元だ。ヒロミの新しい下着のような、華奢なレースのついたブラジャーに包まれた胸の谷間が見えていて、どうしてもそこに目がいってしまう。

ええと、この人は女の人に見える男の人じゃなくて、やっぱり女の人？

トモの頭の中はぐるぐるしていた。と、視線に気づいたリンコが、顔を上げた。リンコの口元にはやはり笑みが浮かんでいる。トモは慌てて目を逸らして、自分のバッグの中から猫柄のハンドタオルを取り出す。

「マキオから聞いた？」

リンコは枕カバーを広げながら、トモに尋ねた。

「アタシのこと」

「え？」

「アタシね、生まれたときは男の子だったの」

「あ、はぁ」

やっぱり、男の人だったんだ。でもまだ、トモは混乱したままだ。

「体の工事は全部終わってるんだけど、戸籍はまだ男のまま」

「はぁ」

「アタシみたいな人がいるってことは、知ってるよね」

問いかけられて、トモは硬い表情でうなずいた。「おねえ」って呼ばれるタレントたちはテレビで見たことがあるし、学校では、女の子っぽい仕草をするカイが「オカマ」とか「ホモ」って言われている。

それにしても……。

ここの家に来てから疑問に思っていたことがひとつ、解決したけれど、でもまだ不思議なことはたくさんある。

たとえば、マキオとリンコは恋人なのだろうか、ということ。マキオが「大切にしている人」というのだから友だちどうしではないだろう。知りたいような、知りたくないような。でも一刻も早くこの話題を終えたいような。どうしたらいいのかわからずにいたトモに、リンコが正座したまま近づいてきた。

「200ccずつ、Eカップ」

リンコは自分の胸に両手を当てて、トモの方にさしだしてくる。少し迷ったけれど、好奇心には勝てずに、トモは伸び上がって谷間をのぞきこんでみた。

「さわってみる？」

リンコはいたずらっぽく笑っている。

「え……」

「どうぞ」

どうぞ、と言われても……。

「いいです」

トモは背後の本棚に思いきり背中をつけて、リンコと自分の間にある敷布団をぐっとひきよせて首を振った。リンコは微笑んでいるけれど、ふたりの間に気まずい空気が流れる。

「あーーーっ」

そこに、髪をタオルでがしがしと拭きながらマキオが現れた。その大ざっぱな仕草に救われ、トモはホッと胸を撫で下ろす。

「出てくるの早いよ、マキオ。ちゃんと洗ったの？」

「洗ったよ」

マキオは大きな音を立てて鼻をかんでいる。

「チンコの裏も？」

リンコの口から発された単語に、せっかく平穏な気持ちを取り戻していたトモはドキリとする。

「裏も表もごっしごし洗いました」

マキオはなんでもないことのように答えた。

「ホントー？」

ふたりの会話に、トモはどうしたらいいのかわからない。この家に来てからずっとこんな気持ちだ。

「おやすみ」

マキオはそんなトモの気持ちにはまったく気づかず、布団に倒れ込んで眠ってしまった。白いTシャツにパジャマのズボン、そして、カラフルな毛糸の腹巻をつけている。

「ちょっと、風邪ひくよ」

リンコは笑いながらマキオに布団をかけた。

できればリンコとふたりきりにしてほしくないんだけど……。

トモは猫柄のハンドタオルを握りながら身を硬くし、枕を抱きしめていた。

＊

小さい頃から、リンコは自分のことを女の子だと思っていた。

「女の子みたいに可愛い顔してるのね」

会う人はたいていリンコにそう言った。

色白で、ピンクの頬をしていて、まつ毛が長くてほんとうに可愛い。

誰もがリンコを称賛してくれた。

「アタシ、女の子だよ！」

リンコが言い返すと、「あらまあ、ボク、おもしろいのね」と笑われた。いったい何がおかしいんだろう。だってアタシは「女の子みたい」じゃなくて「女の子」なのに。リンコは不思議な気持ちだった。

好きなテレビ番組は魔法使いモノ。女の子たちと集まっては魔法使いごっこをしていた。ひとりで家にいるときは、よく魔法の呪文を唱えていた。

「お姫さまになーれ」

自分に魔法をかけて、ピンク色のドレスを着たお姫様気分になるのが好きだった。

リンコが一番楽しみにしていたのは、フミコと出かけるショッピング。

「好きな服はどれ？」

フミコに言われると、リンコは必ずピンクの服を指さした。

「アタシね」

そう言って話すリンコは、保育園の先生に「リンちゃんは男の子だから、ボク、でしょ?」と言われた。でもリンコは「アタシ」と言い続けた。

その頃、両親が離婚した。もともと明るくてサバサバした性格のフミコは「リンちゃん、今日からふたりで頑張って生きていこうね!」とリンコに言った。リンコも、フミコを助けて生きていこうとそのとき心に決めた。父親の記憶はほとんどない。

小学校に入った頃は、毎日楽しかった。幼稚園からずっと仲良しの女子がいたし、ほかに気の合う子もたくさんできた。ほんとうはみんなと一緒にスカートがはきたかったけれど、リンコの服はフミコが毎朝用意しておいてくれたから、それで満足していた。筆箱も消しゴムもお道具箱もピンク。休み時間は仲良し女子たちでおしゃべり。明るいリンコは人気者だった。

「もしかしたら、自分ってみんなと違う?」

初めてそう思ったのは小学校三年生のとき。一、二年生のうちは水泳の時間に男子の水着を着ることも、抵抗感なく受け入れていた。でも、三年生になったら、上半身をさらすのが恥ずかしくなった。プールを挟んで男子と女子は向かい合うけれど、自分は女子の方に行きたかった。

仲良しの女の子の家でお化粧ごっこをしているのがお母さんに見つかったときは「リンちゃんは男の子なんだからお化粧なんかさせたらかわいそうよ」と、友だちがものすごく怒られてしまった。その日からなんとなく、その子の家に遊びに行き辛くなった。

リンコは自分を女の子だと思っているのに、周りが「男の子」扱いする。どうしてなんだろう。

心の中にムクムクと疑問が湧き上がってきた。

この頃から、学校が楽しくなくなった。

五年生になったとき、それは決定的になった。

林間学校では男子部屋。当然、お風呂も男子たちと入る。性教育の授業も、男子として受けさせられた。女子は生理がきたり、胸がふくらんできたりする。成長が早い子はブラジャーをつけていた。でも自分はそうじゃなかった。

自分は女の子じゃなかった。男の子なんだ。そして、これからどんどん男という生き物になっていく。声が低くなって、のどぼとけが出てきて……。どんなに泣いても、この事実から抜け出せない。リンコは果てしない絶望を感じた。

「女の子になーれ」と、自分に魔法をかけたかった。でも現実の世界に魔法使いはいなかった。

そしてその頃、気になる人ができた。その子と廊下ですれ違ったりしゃべったりすると、ドキドキする。家に帰ってもその子のことばかり考えている。恋をしているんだ、と、気づいた。隣のクラスの、背が高くて、勉強ができて、ほかの男の子たちと違ってくだらないことを言わない、ちょっと大人びた男の子だ。

ある日、仲の良い女の子が、リンコと同じ男の子が好きだと相談してきた。バレンタインデーに告白するんだと張り切っていた。

「リンちゃんだったら、どういうチョコレートをもらったら嬉しい?」

リンコは聞かれた。チョコレートをあげる側じゃなくて、もらう側として相談されていた。その事実、リンコは打ちのめされた。

それに……。

リンコが好きになった男の子が好きになるのは「普通の」女の子なんだ。そして自分は「普通の」女の子じゃない。それどころか「普通の」人間じゃないのかもしれない。

リンコは孤独な暗い穴に落とされた気分だった。一生ここから這い上がれずに、孤独なのかもしれない、そう思った。

でも「生まれてこなければよかった」とは思わなかった。だって、フミコはいつだって「リンちゃんがいるから、わたしはしあわせなんだ」「人生でやり直したいことはたくさんあるけど、リンちゃんに会えたから、結局はわたしの人生、これでよかったんだね」と、そんな言葉を口にしていたから。そしてフミコはいつも「わたしの宝物」と、リンコを抱きしめてくれた。

自分は望まれて生まれた子。自分の存在がフミコをしあわせにしている。どんなに落ち込んでいても、外で嫌なことがあっても、どんなに理不尽な思いをしても、リンコはそう思えた。真っ暗な孤独の穴の底にも、ひとすじの光が射していた。フミコとはいつも仲良しで、姉妹のようにふたりで楽しく暮らしていた。

＊

リンコは老人ホームに勤務している。真っ白な制服に薄いピンクのエプロン。リンコの大好きな組み合わせだ。男性職員は水色の制服に白いエプロンだけれど、リンコは女性用を着用している。まだ戸籍が男性なので、男性として採用されたが、施設側はリンコがどうしたいのかを理解し、尊重してくれた。とても感謝している。

毎朝、リンコは認知症で足が不自由なサユリの部屋に迎えに行き、車椅子を押してきて食堂のテーブルにつかせる。

「ちょっと待っててくださいね」

朝食の準備をして、サユリの目の前にトレーを置く。

「はい、どうぞ」

サユリが食べ始めると、向かい側の席のヤエがトレーを手に歩いてきた。

「ヤエさんおはようございます」

リンコは椅子を引きながら、微笑んだ。

「おはようございます」

ヤエはすでに席に着いていた三人の女性に挨拶をして、朝食を食べ始める。このホームにはサユリのような車椅子の入居者もいれば、ヤエのようにまだ頭も体もしっかりしている女性もいる。

「どうも」

そこに、ひとりの老人が歩いてきて、リンコの前に立った。

「ワタクシ、鮫島製薬の斉藤と申します。いつもお世話になっております」

斉藤はピンと背筋を伸ばし、名刺を差し出すような仕草をしてリンコに深々と頭を下げる。

「こちらこそ、いつもお世話になっております」

リンコはにこやかに対応した。斉藤は必ず、こうやって挨拶をしてくれる。会社員としてバリバリ働いてきた時代が、斉藤にとって一番いい時代だったのだろうか。それとも長年の癖が抜けないだけなのか。今となっては、誰にもわからない。でも斉藤はいつも、鮫島製薬の斉藤、として生きている。

「斉藤さん、ご飯、あっちの席っす」

と、そこに佑香がやってきた。ショートカットでボーイッシュな佑香は、リンコと目顔で合図を交わして斉藤の手を取って歩き出した。

「ん?」

斉藤は佑香の手を両手で握り、感触を確かめながら考えている。

「この手はアレだ。正直で頑固な人の手だ」

そして言う。これもいつものことだ。もう、斉藤と佑香の間では何度も交わされている、お約束のやりとりだ。

「はいはい」

佑香は軽く受け流すと、斉藤を席へと連れて行く。自分の席に戻った斉藤は、テーブルについているひとりひとりにきちんと挨拶をしてから、朝食を食べ始めた。リンコは微笑みながら、その様子を見守っていた。

＊

チチチチチ。鳥の声で目を覚ましたトモは、一瞬どこにいるのかわからなかった。

そっか、マキオの家だ。

マキオとリンコの布団はたたんで部屋の端に置いてあった。昨晩はちゃんと押し入れにしまってあったけれど、押入れの前でトモが寝ていたので、気を使ってくれたのだろう。

ずいぶん深く眠ってしまったみたいだ。いつもはヒロミが帰ってくる物音で起きてしまうのに。朝だって、ヒロミがトモより先に出かける朝は、布団の中で気配を感じているのに。

立ち上がって、パジャマのままリビングに出て行く。ふたりとも、もう出勤したみたいだ。リンコが家にいなくて、なんとなくホッとする。テーブルの上には、朝食が並んでいた。卵焼きとマカロニサラダ、ほうれん草のおひたしのお皿にラップがかかっていて、その真ん中にお茶碗が伏せてある。

そして『トモちゃんへ。お昼にどうぞ^▽^』というメモと一緒に、ナプキンに包んだお弁当が置いてあった。花柄の可愛いメモときれいな字。そして絵文字。どこか胸の奥がくすぐったい。リンコという人は、つくづくトモを不思議な気分にさせる。

ラップをめくって、立ったまま卵焼きを手でつまんで口に放り込んだ。甘くて、出汁がきいていてやわらかい。トモはひょいとキッチンをのぞいた。あんなに丁寧に料理をするリンコだけれど、生ゴミはきれいに片づけられていて、野菜の皮や卵の殻はどこにもない。トモはそのままリビングの方に歩いていく。

昨夜は薄暗いスタンドに照らされていた部屋は、午前中の太陽に照らし出されていた。カーテンを開けた明るい部屋を見るのは久しぶりだ。ここには部屋干しの洗濯物もないし、脱ぎっぱなしの服もない。ごみ箱がコンビニのおにぎりのセロファンで溢れてもいない。ソファの前のテーブルには籠が置いてあって、中には編み棒と毛糸玉が入っていた。トモは昨夜から気になっていたテレビの棚に近づいていく。絶妙な位置で配置されているオシャレな置物を眺め、昨夜から気になっていた写真立てを手に取った。マキオとリンコが寄り添っている写真だ。マキオは昨日みたいに頬を緩ませ、だらしない顔をしている。

「ふん」

トモは鼻で笑うと、和室に戻った。ちょうどトモが寝ていた頭の上は本棚で、ずらりと本が並んでいる。小難しいタイトルのものばかりだ。本などまったく読まないヒロミとマキオが姉弟だなんて、信じられない。
窓際に目を移すと、毛糸で編まれた細長い棒状のものがたくさん入っている籠を見つけた。色とりどりの毛糸で編んであるその中のひとつを手に取ってみたけれど、なんだかわからない。ほとんどはただ棒のようで、中に綿が詰まっていた。帽子のようにポンポンがついたものもある。まだ綿が入っていないミトン手袋みたいな形のものを見つけて、手を入れてみた。でも、親指の部分がないから手袋ではないみたいだ。リンコはいったい何を編んでいるのだろう。

朝食を食べた後、ぶらぶらと、マンションまで歩き始めた。マキオの住む団地からマンションまで歩くと、一時間近くかかる。トモは途中の公園で、ベンチに腰を下ろした。目の前では何組かの親子連れが声を上げて遊んでいる。学校へ上がる前ぐらいの子が何人かと、その子たちの兄弟なのだろうか、まだよちよち歩きの子もいる。平日のお昼過ぎに、親子でこんなふうに遊んでいるものなんだ。トモは漠然と思った。トモはずっと保育園育ちだったから、公園というのは保育園の先生やみんなと一緒にお散歩で来る場所だった。でも、何回かヒロミと公園に来た記憶がある。ヒロミはベンチに座って携帯をいじっていたし、ほかの母親たちとにこやかに話そうともしなかった。

そんなことを思い出しながら、お弁当を取り出し、開けてみる。

「うわぁ」

いきなり二匹の猫と目が合い、トモは思わず声を上げてしまった。おにぎりが猫の顔の形になっていて、海苔で顔が描いてある。おにぎりの下には野菜が敷き詰めてあって、ケチャップのかかったハンバーグと、タコさんウインナーもある。トモはウインナーを箸でつまんだ。足がちゃんと八本あって、ちゃんとゴマの目がついている。トモはしばらくウインナーを目の高さに掲げていた。そして食べずに、弁当箱に戻した。

マンションに戻り、昨日持って行けなかったランドセルや楽器のケースを手に玄関を出る。と、階段の途中にカイが立っていた。ここはカイがトモを待つ定位置だ。カイが自分を待っていたのはわかっているけれど、トモは何も言わずに横を通り過ぎた。

「トモ、大丈夫？」

いきなり声をかけられて「え？」と足を止める。

「今日休んでたから。風邪？」

心配そうにしているカイに、トモは首を振った。

「ゲームする？」

カイは元気なトモを見て、安堵の表情を浮かべている。

「カイは、塾行かないの？」

トモはカイの質問には答えずに、階段を下り始めた。

「ボクは音大附属に行くから、レッスンの方が大事なの」

たしかに、カイはバイオリンケースを背負っている。レッスンに行く途中なのだろう。

「あっそ」

オンダイフゾク。なんだかよくわからないけれど、カイは地元の中学に行くよりその学校に行った方が合うと思う。そこにはきっと、黒板にくだらない落書きをするような男子もきっといない。カイのように育ちのいいお金持ちの子ばかりで、トモとは交わることのない、遠い世界の人たちばかりなのだろう。トモはぼんやりと思う。

「ゲームは?」

階段を下りきったところでカイが尋ねてきた。

「今日は無理」

トモは足を止めずに答えた。

「明日は?」

「明日も無理。明後日も。ずっと無理。アタシ、しばらくここには帰ってこないから、もう待たないで」

トモは一瞬足を止め、それだけ言うとまた歩き出した。

「なんで?」

カイが後を追ってくる。

「ねえ、なんで?」

「なんでも」

トモは歩く速度を速めた。カイはまだついてくる。そして……。

「お母さん、帰ってこないの？」

カイが叫んだ。そのひとことに、トモはぴくりと反応し、振り返った。うなずきたくもないし、首を振ることもできない。だから、睨むしかない。トモの強い視線に、カイはその場から動けなくなっている。トモは背を向けて、足早に歩き去った。

＊

「ただいま」

リンコは帰ってきて声をかけた。返事はなかった。床にはランドセルが放り出してあり、テーブルの上には食べかけのお弁当が置いてあるのに、トモの姿はない。

「トモちゃん？」

家の中を見回してみると、トイレから水の流れる音がした。ドアが開き、真っ青な顔をしたトモがお腹を押さえながら出てくる。

「どうしたの?」

声をかけると、トモは苦しそうにしゃがみこんでしまう。

「う~」

「どした?」

リンコは背中をさすってやった。

「う~、あ~」

トモは立ち上がり、ふらふらとトイレに舞い戻っていった。かなり気持ち悪いようだけれど……。リンコはテーブルの上のお弁当を手に取り、顔を近づけてみた。なんだか酸っぱい匂いがする。

「やだ」

リンコは顔を歪めた。

長くトイレに閉じこもっていたトモは、ふらふらと出てくるとソファに倒れこんだ。胃腸薬と水を持って行き、子どもは何錠か確認してからてのひらに出す。

「はい、これ飲んで」

ソファに座って声をかけると、トモはどうにか体を起こして薬を飲むと、また横になった。

「無理に食べなくてもよかったのに」

リンコは、背を向けて丸くなっているトモに声をかけた。

「ごめんね。ちょっと、押しつけがましかったかな。お弁当、いらないって言ってたのにね」

リンコは唇を噛みしめ、うつむいた。

「……違う」

トモは絞り出すように言った。

「……タコに目ついてるし、あんな可愛いお弁当、初めてだったから、すぐに食べちゃうのもったいなくて、もうちょっとしてからゆっくり食べようと思ったら、もう、ダメになってて。でも、どうしても食べたくて……」

「可愛い……」

そんな言葉が、自然にリンコの口をついてでた。

「可愛くて、可愛くて、どうしよう」

気持ちが抑えられずに、トモをギュッと上から抱きしめた。トモは驚いて身を硬くしたかと思うと、もがいてソファを下りた。そのままトイレに向かい、閉じこもる。

具合が悪いからトイレに駆け込んだだけかもしれないけど……。

リンコの胸にちくりと、小さな針が刺さった。

こんなこと、慣れているはずだった。小中学校時代はリンコをばい菌扱いした男子生徒もいたし、今だって街中で人にジロジロ見られたり、電車の中で避けられたりすることだってある。

そう。これまでの人生、もっと太い針や杭にいくらでも打ちつけられてきた。

だけど……。

リンコはトイレのドアを見つめていた。

＊

体育の時間は嫌い。

小学校低学年の頃は好きだった。男女一緒だったし、リンコは走るのも早かったし鉄棒だってうまかった。運動会の競技も男女混合だった。でも学年が上にあがるにつれて、だんだんと苦痛になってきた。男子と女子で体操着も違ったし、別々に座らされるし。

中学校に入ってからはさらに地獄。授業自体が別々になった。着替えも、女子は更衣室に行くのに男子は教室で。男子たちは着替えのときに悪ふざけをして体操着のズボンを下ろしあったりしている。体操着だけならまだしも、ひどいときは下着まで下ろして大騒ぎしている。いったい何が楽しいのか、リンコには意味がわからない。

かと思えば、アイツ体操着になると意外と胸デカいよな〜とか、女子生徒の名前を挙げて、声変わり中の宇宙人みたいな声でそんなことばっかり言ってる。リンコは耳をふさぎたかった。すべて汚らわしかった。着替えの時間は、隅っこでうつむきながら素早く着替えていた。

とにかく、体育の授業は嫌い。とくに武道と水泳の日は、走って逃げたくなる。

「一、二！」

体育教師がかけ声をかけると、

「よいしょ！」

男子生徒たちが応える。この日の体育は、体育館で柔道だ。ふたり組になり、教師の号令に合わせて技をかけあう。背の順で分けて決まったリンコの相手は運動神経がよくてガタイもいい。向かい合って、右手で相手の襟をつかみ、左手で袖をつかむ。そして前後に動きながら技をかけあう。

「大外《おおそと》！」

体育教師が叫ぶと、お互いに順番に足をかけて、畳に倒す。何人もの生徒たちがドスン、と畳に落ちた振動が広がる。リンコが投げる番になると、一応相手も床に背中をついてころがる。けれど相手は力が強いし、リンコは嫌々やっている。力の差は歴然としていて、引き寄せられたり、倒されるたびに胸がはだけそうになって気が気じゃない。

「一、二！　はい、背負い！」

教師が声をかけると、相手がリンコを投げた。柔道着が完全にはだけ、相手がのしかかってくる。

「きゃあああっ！」

心底怖くて、恥ずかしくて、リンコは悲鳴を上げた。声変わりの途中のかすれた声が響き渡る。体育館内は一瞬静まり返ったかと思うと、どっと笑いが起こった。急いで起き上がり、はだけた柔道着の前襟を整えて胸を隠す。顔だちに似合わず大きな手が、最近目立ってきたのどぼとけに触れてしまい、リンコはさらに暗い気持ちになった。


大きめの学ランは、いまだに体になじまない。それ以上に、リンコの心がまったく受け入れない。体育の時間にみんなに笑われた日、部屋に帰ってきたリンコは学生鞄を置くと、もう片方の手に持った柔道着を改めて見つめた。そして、白帯で縛って丸めた柔道着を思いきり床に叩きつけた。

柔道着なんていらなかったのに！　なんで男子と一緒に体育の授業を受けないとならないの？　仲良しの女子はみんな創作ダンスの授業を受けてるのに！　なんで？　なんで？　なんで？

乱暴に振り上げた柔道着が当たり、天井からぶらさがっているライトが激しく揺れる。

このまま男子と一緒に体育の授業を受けなければならないのなら死んだ方がマシ。

リンコは部屋の隅で膝を抱え、肩を震わせて泣きだした。

＊

翌日の休み時間、トモはこっそりと図書館に行き、誰もいないことを確認して『体と性』という本を取り出した。誰かが入ってきたらすぐに隠しやすい場所は……と、見回してみる。窓際の棚のところなら、カーテンに隠せる。トモは窓を背にして立ち、読み始めた。

「思春期における体と心の変化」だとか「男子に見られる心身の問題」「女子の体の仕組み」とか、いろいろなことが書いてあるけれど、トモが知りたい肝心なことは書いていない。じゃあ肝心なことっていったい何？　そう考えてみると、自分でもよくわからない。

「何読んでるの？」

突然声がして、トモは慌てて本を閉じて、後ろ手に隠した。入ってきたのはカイで、なんとなくホッとした。でもカイだからこそ、見せてはいけない。そんな気もする。

「学校では話しかけないで」

後ろめたい思いを隠すように、いつもよりもつっけんどんな口調で言う。そしてさりげなく、カーテンに隠れるようにして、本を棚の上に置いた。

「大丈夫だよ、誰も見てないから」

カイはそう言いながら、窓の外を見る。すると、カイの顔に、だんだんと笑みが浮かんできた。学校で笑うカイを見るのは珍しい。カイは窓辺に這っているテントウムシを見つけ、人差し指を出した。うまく手に乗ってきたテントウムシを観察しながら、床に体育座りをする。

「今、サッカーしてる男子の中に、赤いシャツの人いるでしょ」

カイに言われて、トモは窓の外を見た。校庭では六年生の男子たちがサッカーをやっている。赤いシャツを着ている男子は、一番背が高くて、サッカーがうまいからとても目立つ。トモも、存在は知っていた。

「六年の大野くん」

カイはその男子の名前を口にした。

「あの人のことを考えると、この辺がもやもやするんだよね」

と、自分の胸のあたりを手で押さえている。その顔は、リンコを紹介したときのマキオのようだ。

「キモい」

何をどう言ったらいいのかよくわからずに、とりあえずそう言ってみた。カイは深いため息をつき、自分の手を見つめた。カイの細くて白い指の上を、赤いテントウムシがつたっていく。

「ボクは、どうなっちゃうんだろう……」

不安げにつぶやくカイの横顔を見つめながら、トモは校庭に視線を移した。ちょうどそのとき大野くんがゴールを決めて、ワーッと歓声が上がった。

マキオの家に帰ってきたトモは、ランドセルを放り出してさっそくＷｉｉを始めた。リンコが帰ってくるまでリビングを独り占めできる。膝立ちになり、体を左右に揺らしながら素早い手つきでリモコンを操作し、合間にテーブルの上に並べたスナック菓子を口に放り込む。リンコの記録を次々と更新し、ランキングの一位から五位まで、すべてトモの名前を並べた。次のゲームも、その次のゲームもだ。

「ちょっと、鍵かかってないじゃない。誰か入ってきたらどうすんのよ」

と、そこに突然知らない人が入ってきた。飛び上がるほどびっくりしたトモは、リモコンを放り出し、床に尻餅をつく。トモを見下ろしているのは女の人だ。その後ろに男の人もいる。

「あんたがトモちゃん？」

トモは小刻みにうなずいた。あまりの驚きに、声も出ない。心臓が口から飛び出してしまいそうだ。

「ひとりのときはちゃんと鍵かけておきなさいよ」

まったく、危ないじゃない、と、女の人は笑った。わけがわからずにいるうちに、Ｗｉｉの画面で、車が音を立てて炎上した。

「あら、あんた、死んだわね」

女の人は画面を見て楽しそうに言う。トモは腰が抜けたようになり動けなくなってしまった。そんなトモを見て、女の人は声を上げて笑っている。

「私はリンコの母」

その人は、フミコと名乗った。ほっそりしたきれいな人で、リンコの母というにはずいぶん若々しく見えた。

「この人はね、私の夫のヨシオくん」

フミコは、後ろに立っていた男の人の手を取った。

「どうも」

ヨシオはフミコよりかなり年下に見え、おとなしい。今もテレビの棚に並んでいる雑誌の背表紙を眺めながら、時折取り出して表紙を確認してはまた本棚に戻して、という仕草を繰り返している。

「あ、リンコね、今日同僚が熱出しちゃって、夜勤になっちゃったんだって。マキオくんも遅くなるからトモちゃんお願いって、頼まれたの。何食べにいこうか」

リンコは料理が上手なんだけど、わたしはダメなのよねー、と、フミコはケラケラ笑う。トモの心臓はまだ激しく音を立てていた。


あのおいしいお蕎麦屋さんに行こう、とフミコが言い、すぐに行き先は決定した。蕎麦屋に行く道中もほとんどフミコがひとりでしゃべっていて、時折ヨシオが相槌を打ったり、トモが聞かれた質問に答えたりしていた。

店に着くと、自分たちの分はフミコがさっさと注文する。トモちゃんは何にする？　と聞かれ、トモは遠慮がちに天ぷら蕎麦を注文した。

「トモちゃん、今、いくつ？」

手酌で日本酒を飲みながら、フミコが尋ねてきた。フミコの前には蕎麦ではなく一品料理が並んでいる。

「十一歳です」

トモは天ぷら蕎麦をすすりながら答えた。五年生になったばかりだけれど、四月生まれのトモは春休みのうちに十一歳になった。でも今年も、ヒロミは祝ってくれなかった。ケーキぐらい買ってきてくれるかと思ったけれど、それもなかった。トモがそんなことを考えていると、

「オッパイ大きくなってきた？」

フミコが箸を置き、身を乗り出してきた。

「……うっ」

あまりにも唐突な質問に、トモは思わず蕎麦を喉に詰まらせた。腰を抜かしたり、食べ物が喉に詰まったり、フミコといると漫画のようなリアクションばかりとってしまう。というより、マキオの家に来てから驚くことばかりだ。ヒロミとの暮らしの中では、なるべく感情を殺す癖がついていたので、どうもペースを狂わされてしまう。

「まだか」

フミコはトモの顔を見て言った。トモはヨシオをちらりと見た。ヨシオは、

ふたりの会話など聞こえません、という表情で、天ざるについてきたエビの天ぷらを食べている。

「そろそろ先っちょ痛くなってきたりしない？」

この人は何を言っているんだ。早くこの話題を終わらせたい。トモは曖昧に首をかしげた。

「あの子の最初のオッパイは私が作ったの。中学二年生のとき」

あの子の最初のオッパイ？

突拍子もないことばかり言うフミコにトモの頭は混乱していた。でもよく考えてみると、フミコが言うあの子とは、つまりリンコのことだ。

「……想像してみて。心は女の子なのに、成長する気配もない真っ平らな胸を見るときのせつなさ」

想像して。と言われても、まだ胸も膨らんでいないし、ましてや男の子でもないトモにはわかるわけがない。

「ねえトモちゃん」

フミコは、グイっとお酒をあおってから、改めてトモの顔を見る。

「ひとつ言っておくけど……リンコを傷つけるようなことしたら承知しないよ。たとえあなたが子どもでも、私は容赦しない」

静かだけれど、その口調には凄みがあった。ヨシオが箸を止めてフミコの顔をまじまじと見ている。トモも硬直してしまった。さっきまでにぎやかだったテーブルは、シンと静まり返っている。フミコは正面から真剣な表情でトモを見つめてくる。その表情から、この人が言う「容赦しない」は本気なんだ、と、伝わってきた。激しい思いをぶつけられ、トモは戸惑うばかりだ。

「フミコさん、ヤクザみたい」

ヨシオがのんびりとした口調で言い、ようやく緊迫した空気が和んだ。

「そう?」

フミコはヨシオの方に首を傾げ、甘えた笑い声を出している。

まったく、なんなんだか。緊張から解き放たれたトモは、ムッとしながら蕎麦をすった。

＊

午前中、フミコは家中に掃除機をかけていた。ここのところ、仕事が忙しかったので、埃だらけだ。リンちゃんの部屋にもかけてあげようと入って行き、窓を開けて空気を入れ替えながら、ふう、とひとつ、息をつく。年頃の男の子の部屋だというのに、女の子がつける甘いコロンのような匂いがする。

机の上を見ると、女子中高生向けの月刊誌が置いてあった。その横には卓上鏡があって、ブラシとヘアピン、そして、可愛らしいヘアゴムやアクセサリーが入っている小さな籠が置いてある。雑誌を見て髪型を研究していたみたいだ。フミコは籠を手に取り、中からキラキラのビーズのアクセサリーを手に取って見つめた。

机の上に置いてある手帳のカバーもピンクだし、小さい頃から大事にしているウサギのぬいぐるみも飾ってある。昔から女の子っぽいところがあると思っていたけれど、思春期になっても変わらないようだ。

フミコは掃除を続けた。ベッドの下に掃除機をかけていると、ズズッと音がした。何かを吸い込んでしまったようだ。何か母親に見られたくない雑誌でも隠しているのかもしれない。年頃の男の子だからそんなことがあっても、ちっとも不思議じゃない。

スイッチをオフにしてノズルの先を見てみると、丸まった柔道着と男子用のスクール水着だった。

どういうことだろう……。

それらを手にしたまま、フミコはしばらく考え込んでいた。

数日後、フミコは中学校の生徒指導室に呼び出された。仕事を早退し、放課後の中学校を訪ねる。西日が射し込む相談室には、フミコと同年代の担任教師と、若い体育教師が待ちかまえていた。

「ご存じでしたか、お母さん。春からずっとなんですよ」

担任教師が、ソファの向かい側から乗り出してくる。

「柔道着なくしました、水着もなくしましたって、ずーっとサボってます」

そばで腕組みをしているジャージ姿の体育教師が続けて言う。

「サボる……」

フミコは体育教師の言葉を繰り返した。

「あ、いや、体育の授業だけなんです。ほかの授業は、ちゃんと真面目に受けているんですよ。まあ、成績はいつも下の方ですけど」

担任教師は困惑したような笑みを浮かべている。

「体育は受験に関係ないってナメてるんじゃないですか、おたくの息子さん」

体育教師がフミコのそばにきて顔をのぞきこむ。

「ナメてはいないと思うんですけど……」

フミコは首をかしげながら答えた。

「あ、まあ学校としては、対応に困っておりまして……ええ」

相変わらずへらへらしている担任教師の横に、体育教師がどさりと腰を下ろした。フミコはしばらく考えてから、口を開く。

「何か、あの子なりに理由があるんじゃないかと……」

「理由も何も、体育は必須科目です！」

体育教師は大声を上げた。いらついた表情で、フミコを見据えている。

はあ？

フミコは絶対負けるものかと睨み返した。

理由も何もって、いったいどういうこと？　どうして生徒がそういう行動をとるのか、その理由を考えるのがあなたたち教師の仕事じゃないのか？

そう言いたい気持ちをどうにかこらえながらも、フミコは体育教師から目を逸らさずにいた。

「リンちゃん」

帰宅したフミコは、廊下から声をかけた。返事はなかったけれど、ゆっくりとふすまを開ける。フミコが編んだ黄色いふわふわのカーディガンを羽織った部屋着姿のリンちゃんは、真っ暗な部屋の中、ベッドの上で膝を抱えていた。

心細そうにしている肩をポンと叩き、フミコは寄り添うように隣に座る。

「きったないジャージの体育教師と会ってきた」

フミコはわざとふざけた口調で言った。リンちゃんが不安げな顔でフミコを見る。

「どうした？」

フミコは答えを待った。リンちゃんは泣きそうな表情で、じっと考え込んでいる。そしてようやく、ゆっくりと口を開いた。

「お母さん、アタシね……オッパイがほしいの」

思いがけない言葉が返ってきて、フミコはしばらく黙り込んだ。

いつも仲良くやってきて、なんでも話してきたつもりだった。でも目の前にいる息子は、今の今まで、その思いを誰にも言えずに苦しんでいたんだ……。フミコはどう答えていいかわからなかった。ふたりの間に沈黙が訪れる。フミコの頭の中を、これまでの十四年間の様子がよぎっていく。

そうだ。この子はこれまでもずっとフミコに訴えてきた。小さい頃から自分のことを「アタシ」って言って。ピンクが大好きで。女の子の友だちの輪の中で楽しそうに笑っていて。そして誰よりも感受性が豊かで、やさしくて。全身で「アタシは女の子」だと訴えてきたのに、どうして気づかなかったのだろう。今こそしっかり受け止めてあげなくちゃいけない。フミコは覚悟を決めて、ゆっくりとうなずいた。

「そうだよね。リンちゃん、女の子だもんね」

フミコは微笑んだ。リンちゃんは張りつめていた気持ちがほどけたのか、泣き出してしまった。

「泣かなくていいんだよ。リンちゃん、何にも悪くないんだから」

誰も悪くない。

これまでも、これからも、リンちゃんは、リンちゃんだ。

そのままのリンちゃんを大切にして、守っていこう。誰がなんといっても、自分だけは味方でいよう。

フミコは新たな決意を胸に抱き、震えるリンちゃんの肩を力強く抱きしめた。

学校に行きたくなければ行かなくてもいい。フミコはそう思っていたけれど、翌日、リンちゃんはいつも通り登校した。フミコはさっそく買い物に出かけた。

「ただいまー」

夕方、リンちゃんが帰ってきた。

「リンちゃん。ちょっと」

リビングのこたつで編み物をしていたフミコは、早く早く、と、手招きをした。期待と不安の入り混じった表情を浮かべながら、リンちゃんはまっすぐにフミコのそばに来て、隣に座った。

「はい」

フミコはこたつの上に紙袋を置いた。リンちゃんは紙袋の中をのぞいて、驚きの表情を浮かべた。中に入っていたのは、フミコが用意したブラジャーだ。白を基調に、控えめな模様やレースがついている。手にしたリンちゃんは、ぱあっと顔を輝かせる。

「つけてみて」

フミコが言うと、リンちゃんははにかみながら、急いで学ランとシャツを脱いで上半身裸になった。そしてピンクのレースがついたブラジャーを手に取り、両手を通してみる。フミコはホックを止めてあげた。

「これ入れてみて」

フミコは肌色の毛糸で編んだオッパイを二つ、カップの中に入れてあげた。ベレー帽のような形をしていて、先端にピンクの乳首がちゃんとついている。

中には綿がつめてあって、ふくらみかけの少女のオッパイみたいだ。ブラジャーのカップに入れて上から押してみると、まだペコペコしている。

「ちょっと綿が足りないか」

ひとつ取り出して、中の綿を足して形を整える。

「ホンモノはあげられないからさ、とりあえず、ニセ乳で」

フミコは笑った。リンちゃんはもうひとつのオッパイをブラジャーから取りだして、見つめている。

「はい」

綿を入れなおしたオッパイを、もう一度、カップに入れてあげる。リンちゃんはニセのオッパイをまだじっと見ている。

「お母さん」

「ん？」

「編み物、教えて」

リンちゃんは泣き笑いの表情で言った。

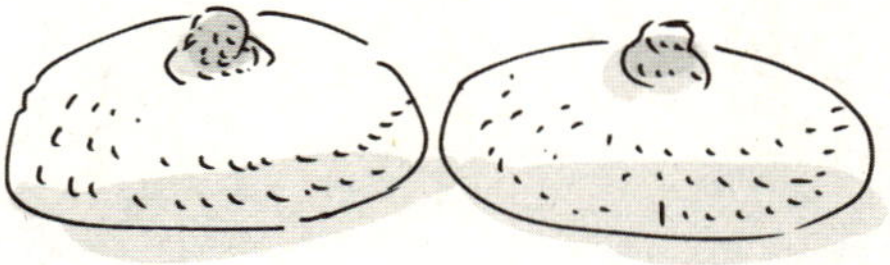

夜勤明けのリンコが帰宅すると、もう夜が白々と明けていた。リビングに入って行くと、ソファにはマキオの脱いだシャツがかけてあり、テーブルの上にはトモのやりかけの宿題と、食べかけのお菓子、ゲームのリモコンが出しっぱなしだ。

まったく。

ざっと片づけて和室を見ると、マキオとトモはぐっすり眠っていた。ふたりとも寝相が悪い。両手を広げて、布団から片脚を投げ出している。やっぱり血がつながっているのか、同じ体勢だ。その脚どうしが、今にもぶつかりそうになっている。リンコはふっと笑いながら、ふたりが敷いておいてくれた自分の布団をまたいで、トモのそばに近づいていく。

あんなに大事に握って眠る猫柄のタオルは、体の下に入ってしまっていた。リンコはトモの布団をかけ直し、寝顔を見つめた。その顔は、まだまだ幼い。それなのに、一生懸命、感情を押し殺して生きている。リンコはそんなトモが愛おしかった。

子ども時代を、無邪気に送れない子どもがいる。リンコもそうだったし、トモもそうだ。そんな子にとって、学校はとても生きにくい場所だ。子どもは誰しも残酷な面を持っている。心に棘を持ち、あからさまに意地の悪い子はもちろん、表面的にはそうでない子も残酷だったりする。子どもは敏感に「普通」でない者を見つけ、容赦なく排除する。母親が家に帰ってこないトモは、その空気をまとわないように、悟られないように、必死で生きているのだろう。そしてそんなトモは、家に帰っても味方がいない。居場所がない。

ここにいるときは肩ひじを張らなくてもいいのに。何もがまんしなくていいのに。全部さらけ出していいのに。そうさせてあげられたら、と、リンコは強く思う。

フミコがいたから、帰る場所があったから、リンコは今までどんなに苦しくても生きてこられた。笑うことができた。

トモにとって、自分がそういう場所になってあげられたら……。

リンコはトモの子どもらしい、無防備な寝顔を見つめていた。

＊

マキオが休みの日、トモはマキオに誘われて祖母、サユリの面会にやってきた。リンコが勤める特別養護老人ホームだ。

「こんにちは」

受付の女性がマキオに声をかけると、マキオも挨拶を返した。

「こんにちは」

トモも声をかけられ、ぎこちなく頭を下げる。エレベーターに向かうと、老人が近づいてくる。

「どうも。ワタクシ、鮫島製薬の斉藤と申します。いつもお世話になっております」

斉藤と名乗る老人は丁寧に頭を下げてきた。トモはすっかりひるんでしまい、マキオを見上げた。マキオも一瞬戸惑いの表情を見せていたものの、すぐに笑顔になり、

「あ、どうも。オガワと申します」

と、斉藤と同じように頭を下げた。と、そこに、佑香が現れた。

「斉藤さん、トイレ、こっちっす」

この場にはそぐわないような、いかにもイマドキの若い女の子という感じの佑香が、斉藤の腕をつかむ。

「ちっす」

去って行くとき、彼女はマキオに挨拶をした。マキオも笑みを浮かべて軽くうなずいている。どうやらふたりは知り合いみたいだ。

「ん？　この手は……」

そんなことを言いながら、斉藤は佑香に連れられて行く。トモはその様子をしばらく目で追いながら、歩き出したマキオの背中を慌てて追いかけた。


エレベーターを降りて歩いていくと、テーブルがいくつか置いてあるスペースがあった。サロン、とプレートが掲げられている。老人たちが数人集まって、職員と歌を歌いながら手遊びをしていた。トモが保育園時代に遊んだ歌だ。無邪気な笑顔を浮かべている老人もいれば、ぼんやりしている老人もいる。壁には、月曜日は折り紙、火曜日はぬり絵、などとスケジュールを書いた紙が貼ってある。目に映るもの、ひとつひとつに驚きながら歩いていると、サユリの部屋に着いた。

コンコン。マキオがノックをして、ドアを開ける。

「いらっしゃい」

サユリの爪にヤスリをかけていたリンコが顔を上げた。

「オガワさん、マキオさんが来ましたよ」

リンコはベッドに座っていたサユリの手を握り、ゆっくりと膝に置いてあげる。サユリはマキオをちらりと見た。でもその目は、空洞のようだ。

「今日はとても気分がいいみたい。いつもよりたくさん朝ごはん、召し上がってたし」

リンコが言うと、

「そう。いつもありがとうございます」

マキオは丁寧にお礼を言った。

「いいえ。ごゆっくりどうぞ」

リンコは部屋を出て行った。マキオはトモを見て小さくうなずいてから、サユリの前に跪《ひざまず》いた。

「母さん、トモと一緒に来たよ。母さんの孫。わかる？」

マキオが言うと、サユリがトモに視線を移す。

「おばあちゃん、こんにちは」

トモは一歩前に進み出て、硬い口調で言った。トモがサユリに会ったのはいつのことだろう。ずいぶん前、まだサユリがここに入る前に、どうしても用事があると言って、ヒロミがトモを実家に連れていった。でもすぐにサユリと激しい喧嘩になって、ヒロミに強く手を引かれながら家を出てきた記憶がある。

目の前にいるサユリは薄紫色のブラウスに、同系色の手編みのカーディガンを着ていた。おそらくリンコが選んで着せてくれたのだろう。そう思わせる組み合わせだ。髪の毛もきちんとまとめてある。とてもきれいにしているのに、サユリは眉間に皺をよせ、厳しい表情でトモを上から下まで見ていた。

「……だらしがないね、ヒロミは。女の子はいつもきちんとしていなさい」

サユリはヒロミの名前を呼びながら手を伸ばしてくると、トモのシャツの襟を直し、羽織っていたパーカーをつかんだ。老人とは思えないほど力が強い。サユリは何度も何度もパーカーの前を合わせようとしながら、睨みつけてくる。トモはすっかり硬直していた。

「ヒロミじゃないよ。ヒロミの娘のトモだよ」

マキオが説明したが、サユリはまだトモを睨んでいる。

「母さん、芋羊羹《ようかん》、持ってきたよ」

マキオがサユリの膝をやさしく叩いた。

「芋羊羹？」

サユリはトモから手を離しマキオの顔を見る。

「うん」

マキオが立ち上がり、紙袋から芋羊羹を出し、お茶を用意し始めた。サユリはマキオが芋羊羹を用意してくれる様子をじっと見ている。もうトモのことは完全に視界に入っていない。トモはそれでもまだ、動くことができなかった。

＊

マキオは女性が苦手だった。物心ついた頃から、サユリとヒロミがしょっちゅう怒鳴り合いの喧嘩をしていたからだ。時には近くにあるものを床に投げつけたりもした。

マキオは基本的に物静かで読書が好きな少年だった。そんなマキオにとって、女どうしが繰り広げる罵り合いは恐怖でしかなかった。

サユリは友だちといるといつもニコニコしているし、ヒロミも恋人と電話しているときはとてもやさしい声を出す。だけど家の中でひとたび喧嘩が始まると鬼のような形相になる。女の人は表の顔と裏の顔が違う。どんなに外面がよくても信用できない。マキオの心には女性への恐怖が植えつけられた。

マキオが小さい頃から、父親は浮気相手のところに行っていてほとんど不在だった。マキオには家の中に頼る存在がいなかった。サユリはマキオを愛してくれてはいたけれど、親として頼れる存在ではなかった。溺愛といえるその愛情の注ぎ方は、むしろ危うさを感じさせた。恐怖でもあった。

「お母さんが一番大切なのはマキオちゃんなのよ」

マキオとふたりきりになると、サユリはよくそう言っていた。マキオのことは目を細めて愛おしそうに見るのに、ヒロミに対しては目つきが変わる。マキオが何を言っても笑っているのに、ヒロミが発する言葉ひとことひとことに過剰反応する。サユリが娘と息子に向ける態度は明らかに違っていた。

マキオはサユリとヒロミの喧嘩が始まると、すぐに自分の部屋にこもり、本を読んだ。現実世界から逃避できる場所、それが本の世界だった。

マキオが中学一年生のとき、父親が亡くなった。形ばかりの葬式を出して三人で見送った。サユリもヒロミもマキオも泣かなかった。

ヒロミは大学を出るとさっさと家を出て行った。そのとき高校生だったマキオはそれでようやく平穏な生活を手に入れられると思った。でもそうではなかった。サユリはすべての愛情をマキオに注いで、マキオを支配しようとした。そんな生活が、サユリが倒れるまで十五年以上続いた。

大学三年生のときと、就職をして二年目の二度、マキオに恋人ができた。ひとりめは同級生、ふたりめは同僚。どちらも友人から恋人に自然に発展するという、ごくありふれた恋愛だった。ふたりとも、サユリやヒロミのような女性とは正反対のおとなしい女性だった。もちろん嬉しかったし、幸せだったし、誠実に向き合った。

でも……。

マキオに恋人ができたことを察すると、サユリの束縛はさらに厳しくなった。デート中に何度も携帯に電話をかけてくる。それだけならまだしも、デートの日に出かけようとすると、わざと具合が悪いと言い出したりした。それでも出かけようとすると、

「母親が具合悪いって言っているのに、あんたは見捨てて出かけるのか?」

と、泣きわめいた。マキオ自身も精神的にキツかったし、結局、どちらの恋愛もサユリの過剰さに愛想を尽かされ、恋人は離れていった。どうにかしてサユリから逃げ出したいと思いつつ、三十歳を過ぎた。この母親がいるかぎり、恋愛は無理だ。ましてや結婚なんてとんでもない。マキオは諦めていた。

そんなとき、サユリが倒れた。意識は回復したものの、足が不自由になり、認知症の症状も出始めていた。久々にヒロミに連絡を取ってこれからのことを

相談した。

「いっさい文句は言わないから、あんたの好きにして」

ヒロミにはそう言われた。マキオは家を売り、サユリを特別養護老人ホームに入居させた。古い団地でひとり暮らしを始め、ようやく母の呪縛から解き放たれた。

恋愛経験だってあるのだし、女性に興味がないわけではない。でも、サユリとヒロミの姿を見て育ったマキオは、どうやったら普通の家庭を築けるのかわからなかった。

おそらく自分は結婚することもなく、このまま本に囲まれて古い団地で暮らしていくのだろう。そう思っていた。

＊

サユリの部屋を出たトモは、マキオとふたりで、中庭のベンチに座っていた。目の前の池には立派な鯉が数匹泳いでいる。

「おばあちゃんは、ママのこと、嫌いだったのかな」

トモはマキオに尋ねてみた。

「んー、嫌い、っていうのではないと思うよ。でも、昔から母さんは、なぜか姉ちゃんにはいつも厳しかった。父さんが死んでからは余計に」

マキオがいつもの穏やかな口調で言う。

「親子でもさ、人対人なんだよ。どうしても気が合わない関係もあるんだと思う。でもそれと、嫌いって言葉とは、違う気がするんだ。むしろ、愛してやまないからこそ……うん、裏目に出るというか……」

人対人。トモはマキオの言葉を胸の中で繰り返した。

「……ママは、おばあちゃんのこと、もう捨てたって言ってた」

トモが言うと、マキオはしばらく考え込む。

「ある意味では、そうなのかもしれない。でも、そうしなければ、トモは生まれてこなかったんだよ」

マキオはトモの顔を見て微笑んだ。マキオの言葉の意味、それはつまり、トモを生むためにおばあちゃんを捨てた、ということ。トモの胸の中に、すこし温かい感情が芽生える。

「ボクだって、母さんをここに入れて、ホッとしてる。姉ちゃんが家を出てってからずっと、毎日毎日ボクのお弁当作って、どんなに遅くてもボクの帰りを待って。正直、重たくて憂鬱だった。こんなこと言ったらいけないんだろうけど、でも、一緒に暮らしている間は、どうしたら離れられるか、そればかり考えてた」

ふたりはしばらく黙って目の前の池を見ていた。トモは、サユリとヒロミとマキオがかつて家族だった、ということを考えてみる。でも、ひとつ屋根の下に三人が暮らしていたなんて、ちっとも想像ができない。それぞれの関係があって、ママはおばあちゃんを捨てた。

ヒロミとトモはめったに喧嘩をしない。気が合わないというわけでもない。愛してやまないからこそ裏目に出る。それも違う気がする。いったいどうしてこうなっているのだろう。

「ママは……アタシのことも、捨てちゃうのかな」

マキオの答えを聞くのが怖かったけど、思い切って口に出してみる。

「んー」

マキオはゆっくり考える。マキオはいつだって本当に思っていることだけを口にするから、言葉を慎重に選ぶ。

「……トモのママは、自分にとっての優先順位をうまく考えられない人なんだ。そういう人がいるんだよ。とても悲しいことだけど」

ユウセンジュンイ。そのことについてあまり考えたくなくて、

「マキオの優先順位一位って何？」

トモは身を乗り出して尋ねた。

「そりゃリンコさんだよ。決まってるじゃないですか」

マキオは照れくさそうに言った。ニヤつきながら、でもごまかすように、トモを肘で小突く。リンコのことを語るときのマキオはいつもこんな顔だ。トモもつられて笑顔になった。今日ここに来てから初めて顔の筋肉がほぐれた気がする。

「ねえ、リンコさんと、どうしてつきあうことになったの？」

これはトモがずっと聞きたいことだった。

「ん？」

とぼけようとしているマキオの顔を、トモは見上げていた。

「……まあ、言ってみれば、ボクの一目惚れです」

マキオはやさしい顔をして言う。

「一目惚れ？」

「うん。丁寧に、丁寧に……母さんの体を拭いているリンコさんを初めて見たとき、もう、なんというか……、きれいすぎて……涙が出た」

なんだかわかる。トモは思った。さっきサユリの部屋に入ったとき、時が止まったような、日常生活ではない不思議な空間に足を踏み入れたみたいな感じがした。あれは日当たりがいいからじゃなく、サユリが現実と非現実の間をたゆたっているからでもなく、リンコという存在が作り出している空間だからだ。それは、リンコの心が美しいからだろうか。

「もちろん、元は男の人だってわかったときは、ものすごく戸惑ったけど、好きになってしまった気持ちは、どうしようもなかったんだ。リンコさんのような心の人に惚れちゃったらね、もうあとのいろいろなことは、どうでもいいんだよ。男とか、女とか、そういうことも、もはやカンケーないんだ」

今は笑っているし、本当になんでもないことのように言う。でもマキオだって、きっとたくさんたくさん考えたんだろう。そう思いながら、トモは黙って聞いていた。

生きていくにはいろいろなことがあって、でも、マキオはリンコさんが好きになって、あとのいろいろなことはどうでもよくなった。そしてリンコの話をするときに、あんなふうに頬を緩ませるマキオがいる。とりあえず今のトモには、ぼんやりとそのことがわかった。

「お待たせ」

リンコが小走りでやってきた。まだ仕事着だけれど、今日は早番だからこれで仕事は終わり。トモたちと一緒に帰れるという。

「ごめんね。遅くなっちゃった」

「ううん」

マキオがリンコを見て頬を緩ませる。

「食べて。お腹空いたでしょ」

隣のベンチに腰を下ろしたリンコは、とりあえずコンビニで買ってきたの、と、ビニール袋をさしだした。

「おーいいね、いただきます」

受け取ったマキオは、ビニール袋の中からおにぎりを取り出した。そしてひとつをトモに渡す。

「いただきます」

マキオは、おにぎりのセロファンをはずしている。

「片づけ、手間取っちゃった」

リンコは自分のマグボトルの蓋を開けながら言った。

「お疲れ様」

マキオはおにぎりを食べ始める。ふたりの間に座っていたトモは、手の中のおにぎりを見つめたまま戸惑っていた。だんだんと、息が苦しくなってくる。全身に鳥肌が立ってくる。でも……。トモは動揺を隠し、ゆっくりおにぎりのセロファンを取って、ひとくち食べた。

「うえぇえっ」

飲み込もうとしたその瞬間、トモはかがみこみ、地面に吐き出してしまった。

「トモ！　どうした？」

「トモちゃん？」

マキオとリンコが驚きの声を上げる。ふたりで両側から、肩を支えてくれる。トモの目の前は真っ暗になっていき、記憶が途切れた。

＊

「大丈夫よ。この子はね、おにぎりあげておけば文句ないの。ねっ、トモはおにぎり好きよね」

ヒロミがトモの知らない誰かと話している。とても弾んだ声だ。

「さあ、早く、食べちゃいなさい。ほら」

トモがおにぎりの袋を開けるのを確認して、ヒロミは知らない男の人と出かけていった。

ヒロミの足音と背中が遠くなっていく。

行かないで。

置いていかないで。

帰ってきて。

叫びたいのに、喉が詰まって声が出ない。

たったひとり、マンションの部屋に残されて絶望するしかなかったあの日の記憶が夢とまじりあい、トモを苦しめる——。

「うーーー」

布団の中で、トモはうなされていた。

「トモちゃん?」

「……ああ!」

ハッとして目を覚ますと、リビングのソファで編み物をしていたリンコが立ち上がってトモの方にやってきた。トモは布団から起き上がった。全身汗でびっしょりだ。息がうまくできずに、肩が激しく上下してしまう。

「どうした?」

パジャマにガウンを羽織ったリンコが、後ろに回ってトモを抱きかかえ、肩をさすってくれた。

「大丈夫、大丈夫。大丈夫だよ」

リンコの手のぬくもりを感じながら、トモは猫柄のハンドタオルを顔に当ててどうにか落ち着こうとした。リンコに体重をあずけ、リンコが肩をやさしく叩いてくれるリズムに合わせながらゆっくりと呼吸をしているうちに、だんだんと気持ちが落ち着いてくる。

「タオル、ボロボロだね」

リンコが笑った。

「いいの」

トモはムキになって言い返した。夢を見ているときにタオルをぎゅっと握りしめていたのか、手が痛い。

「まだまだ赤ちゃんだな」

リンコが言う。

「ふん」

照れくさくなって、トモは鼻から息をもらした。

「赤ちゃん、いい子でちゅねー、はい、抱っこしましょー、オッパイオッパイ」

リンコは背後からトモを抱き、頭を膝の上に乗せて髪を撫でた。トモの頭は、ちょうどリンコの胸にうずまっている。トモは妙に安心してしまい、そのままリンコに抱きしめられていた。

リンコは夜中に抱きしめてくれる。おにぎりを与えてどこかに行ったりしない。リンコはトモのそばにいてくれる……。

この人の前なら、オトナのふりをしなくてもいい。傷つかないふりや、平気なふりをしなくていい。

「……ねえ、オッパイ、触ってみたい」

勇気を出して、言ってみる。

「いいよ」

リンコは微笑んだ。トモは顔を動かし、おそるおそるオッパイに手を伸ばしてみる。

「ホンモノよりややカタメ、らしいよ」

やさしく言うリンコのオッパイの感触を、トモはてのひらを動かしながらたしかめる。

「どう？」

どう、と言われても、女の人のオッパイを触ったことはない。トモは首をかしげた。ヒロミのオッパイに触らせてもらったことは、あったのだろうか。あったとしても、それはきっと赤ちゃんの頃だろう。

「うん、ややカタメかも。でもちょっとキモチイイ」

真面目に考えた挙句にそう答えた自分がおかしくなって、トモはふきだした。リンコも微笑み、トモの肩を叩く。リビングからかすかに届くスタンドの灯りの中で、ふたりは声を殺して笑っていた。

＊

まだ肌寒い日もあるけれど、だんだんと桜のつぼみがほころび始めた。オッパイを触らせてもらった日以来、トモとリンコの間にあった見えない壁がなくなった。

登校前、トモはリンコに髪を結ってもらうのが日課になった。

「もっと可愛い結び方にしていけばいいのに」

毎日のようにリンコは言う。

「昔、雑誌を見て研究したからいろんな結び方できるんだよ。髪の長い友だちに、いつもやってあげてたんだ」

と、いかにもリンコらしいことを口にする。

でも、急に可愛い髪型にしていって学校でいろいろ言われると面倒だ。そう言うと、リンコは「たしかにね」と納得してくれた。とりあえず普通に後ろでひとつに結ってもらうことにしたけれど、今までトモが自分で無造作に束ねただけのポニーテールとは違い、リンコはちゃんと櫛《くし》を入れて、前髪をきれいに分け、高い位置で結んでくれる。結び目のところだけちょっと工夫するね、と、輪ゴムを髪の毛で隠す結び方をしてくれる。

「トモ、またゲームやりっぱなしだったよ」

髪を結びながら、リンコがふと思い出したように言う。

「ああ」

「ああ、じゃなくて、ちゃんと片づけてっていつも言ってるでしょ」

「はいはいはい」

「はいはいはい、じゃなくて」

「うっせーな」

　わざと反抗的な口調で言うと、リンコがトモの髪を引っ張った。

「いてーっ！　虐待！」

　振り返ると、リンコが笑っている。

「行ってきまーす」

　歯を磨いたり、ネクタイを締めたり、せわしなく出かける支度をしていたマキオが一足先に出て行く。

「行ってらっしゃーい」

　トモとリンコは声を合わせてマキオを見送った。


　帰ってくるとすぐにゲームをやるのも、トモの新しい日課だ。夢中になってゲームをやっていると、早番のリンコが帰ってきた。

「おかえり」

テレビ画面から目を離さずに言うトモの視界の隅で、リンコが脱ぎ散らかしたトモの靴下を拾っている。

「脱いだものは洗濯籠に入れとけって何度言ったらわかんだよ!」

リンコはわざとドスの効いた声で言う。

「うわ、男になってる、こわっ!」

トモがからかうように言うと、

「うるせー! 今すぐ片づけろ!」

リンコはさらに低い声を出して脅してくる。

「キャー!」

リモコンを放り出して逃げようとするトモの頭を、リンコは笑いながら靴下で叩いた。

*

四月も半ばを過ぎ、ぽつぽつと桜が咲いてきた。

三人でお花見に行こうね、絶対、行こうね。

リンコはそう言って、ニュースの天気予報でお花見日和をチェックしていた。

お花見の二日前、トモはキッチンでリンコと一緒にシジミの醤油漬けを作っていた。といっても、漬け汁はリンコが作ってくれたので、トモはもっぱら味見係だ。

「どう?」

リンコが尋ねてくる。

「うん、辛さ、ばっちり」

唐辛子とにんにくのバランスが絶妙だ。

「うん、ビール飲みてー!」

味見したリンコが声を上げる。

「ビール飲みてー!」

トモもリンコの言葉を繰り返した。

「そういえば前髪伸びたから切って」

マキオとリンコがそろって早番で帰ってきた日、リンコが言った。

リンコはいつもマキオに前髪を切ってもらうらしい。

「ついでにトモも切ってもらったら？」

と、キッチンから大きなビニール袋をふたつ持ってきた。頭が入るぐらいの穴をあけてトモにすっぽりかぶせると、自分も同じようにかぶって、ベランダに出る。

「本当に大丈夫？」

トモは隣に座っているリンコを見た。

「けっこう上手だよ」

リンコはそう言って目を閉じたけど、トモはマキオをいまいち信頼できない。それに、ずっと美容院に行っていないから、髪を切るのは久しぶりだ。

「まかせとけ」

マキオは慎重にふたりの前髪にハサミを入れた。そして少し離れて目を細め、前髪がちゃんとそろっているかチェックしている。

「うん、いいね。なんか、アレだ」

「ん？」

リンコが首をかしげた。

「似てる。姉妹みたい。いや、親子か」

マキオの言葉に、トモとリンコは顔を見合わせて笑った。


そしてお花見当日。空は晴れ渡り、申し分のない花見日和だ。トモはマキオの自転車の後ろに乗せてもらい、リンコと三人で、家を出発した。しばらくして土手に出ると、見事なぐらい桜が咲きほこっていた。

「うわぁー」

桜のトンネルをくぐりながら、思わず声が出てしまう。こんなに桜がきれいなのに、土手にはトモたち以外はほとんど人がいない。

「気持ちいいね」

背中越しにマキオの声が返ってくる。と、そのとき、リンコがふたりを追い抜いていった。

「あ！　ねえ、マキオ、抜いて、抜いて抜いて！」

トモはマキオのシャツを引っ張った。マキオは必死でペダルを漕いでリンコを抜き返す。

「イエーイ」

トモが後ろを振り返ると、リンコは自転車を立ち漕ぎして迫ってきた。

「ウオーーーッ！」

低い声を上げてマキオとトモの自転車を追い越すリンコの姿に、トモは声を上げて笑った。

「ねえマキオ、抜いて抜いて抜いて抜いて！　行け、抜け、抜かせ！」

トモがあおると、マキオはスピードを上げてリンコの自転車を抜き返す。

「イエーイ！」

水色の空と、ピンク色の桜と、土手の緑。舞い散る花びらの中に、トモの声が響き渡った。

延々と続く桜並木を走り抜け、ふたりが去年も行ったお花見をしているという場所に到着した。このあたりが一番枝ぶりがいい。リンコはそう言うけれど、トモにはよくわからない。それよりもお腹がぺこぺこだ。三人でシートを広げて、お弁当の準備にとりかかった。リンコがお弁当箱を開ける。

「わあ」

トモは目を輝かせた。上の段には色とりどりのおにぎり。下の段には卵焼きと煮豚、鯉のぼりの形をしたウインナー。そして……。

「シジミの醤油漬けと切り干し大根。どうぞ」

リンコが笑顔でトモを見る。

「はい」

マキオがカップにビールを注いで、真ん中にいるトモ越しにリンコに渡した。

「いただきます」

三人で声を揃えた。ふたりは乾杯してビールを飲んでいるけれど、トモは待ちきれない。取り皿におかずを取って、食べ始めた。最初はやっぱり、シジミの醤油漬けだ。

「どう？」

リンコが声をかけてくる。

「おいしい」

口いっぱいに頬張りながら答えるトモに、

「よかった」

リンコがやさしく微笑みかける。トモはウインナーの串を手に取って、空に掲げてみた。三匹セットで串に刺してある可愛らしい鯉は、桜の花びらが舞い散る中、風にそよいでいるように見えた。

＊

リンコの職場の庭も、桜がきれいだ。でも窓から見える桜の花は、もうだいぶ散ってしまった。毎日庭を掃除する職員も、この時期はたいへんそうにしている。花びらが散ってしまうのは寂しいけれど、若葉の色が目に眩《まぶ》しい。これからどんどん暖かくなっていく予感に胸が弾む。

もう編み物をする季節は過ぎてしまったけれど、リンコと佑香はサロンでお年寄りたちと鍋敷きを編んでいた。

「これ次、裏編みっすか、表編みっすか?」

リンコの隣に座っている佑香は、反対側の隣にいた老人に尋ねた。

「次は表よ」

「表か。ありがとうございます」

佑香はまた編み棒を動かし始める。編み物を始めたばかりの佑香はいつまでも編み方を覚えないし、ぎっしり目が詰まった編み方をする。でも、入居者の老人たちは、そんな佑香に教えるのが楽しいようだ。みんな、孫を可愛がるように目を細めながら佑香の編み物の腕が成長していくのを見守っている。

リンコはふと手を止めて、編み棒をテーブルに置いた。そして、佑香の横顔をじっと見つめた。

「なんすか?」

視線に気づいた佑香が顔を上げる。

「佑香ちゃん、最近すごくきれい」

「ええ、そうすか?」

「なんかね、きれいさが中からあふれてる。収まらずに、はみ出てる感じ」

「えー」

リンコの言葉に、佑香は照れ笑いを浮かべた。まだ若いけれど、佑香はもうすぐ結婚を控えている。リンコもだいぶ恋愛相談に乗ってきたので、結婚すると報告を受けたときは自分のことのように嬉しかった。

「いやあ、でも大変なんすよ。なんせ貧乏人同士の結婚っすからね。慎ましくって思っても、ちょっとしたことにいちいち金かかって。こないだなんて、節約のために、ウェディングケーキ自分で焼けばって相手に言われて、マジ喧嘩になりましたよ。ホントざけんなっつーの。このまま本当に当日迎えられるのか、すっげえ不安っす」

「大丈夫よ」

リンコは言った。いかにも最近の若い女の子っぽい言葉遣いの佑香を、最初は不安視する職員たちも多かった。でも、根がまっすぐで、お世辞を言ったり曖昧にごまかしたりしない佑香は、入居者たちからとても慕われている。リンコにも、言いたいことははっきり言うし、聞きたいことはストレートに聞いてくる。

「どうすかねぇ。相手アホだしなぁ」

首をひねりながら言う佑香は、相変わらず口が悪い。でも佑香の口元に笑みが浮かんでいるのを、リンコは見逃さなかった。

＊

ある日、トモは早番のリンコと待ち合わせてスーパーマーケットに来ていた。カートを押しながら通路を歩くリンコについていく。

「トモ、今日ほかに何か食べたいものある？」

パンプスのヒールの音をコツコツ響かせながら、リンコは尋ねた。

「イカの塩辛」

トモは即答する。

「ホント、オッサンみたいだね」

リンコは笑いながら、近くにあった調味料の瓶を手に取りカートに入れた。

トモの家には塩コショウぐらいしかなかったけれど、リンコはいくつもの調味料を使って料理をする。たいていが、トモが聞いたことのないようなカタカナの名前の調味料だ。

「イカの塩辛、と……」

リンコは探しながら歩いていってしまう。トモは吸い寄せられるように近くのお菓子の棚に行き、あれこれ手に取って見始めた。ここはちょっと高級なスーパーなので、コンビニには置いてないような珍しいお菓子ばかりが並んでいる。

バイオリンのレッスンを終えたカイは、迎えに来た母のナオミと帰りにスーパーに寄った。バイオリンケースを背負って歩いていると、少し前を歩いていたナオミが足を止めた。

「あら？　あの子」

ナオミの視線を追っていくと、トモがいた。ビスケットの袋を手に取って、じっと見ている。

「トモ……?」

カイは笑顔になった。このあいだトモを怒らせてしまった日から、学校ではトモと口をきいていない。学校では話しかけるな、とトモに言われているから、怒らせていなかったとしても口はきいてもらえない。でもここは学校じゃない。しかも学区域からは少し離れたスーパーだ。カイが笑顔でトモに声をかけようとしたとき……。

「トモ!」

紺のスーツ姿の女の人が別の通路から現れて、トモを呼んだ。背が高い、とてもきれいな女の人だけど誰だろう。え……女の人、じゃない?

「行くよ、トモ!」

その人はもう一度トモを呼び、歩いていってしまった。トモは見ていたビスケットを持って、その人の方へ走って行く。カイもトモを追って行こうと思ったけれど、ナオミに腕をつかまれた。あまりにも強い力で制されて、驚いてナオミを見上げる。そこには、何か恐ろしいものでも見たように目を見開き、顔をひきつらせているナオミがいた。

トモはビスケットの袋をカートに放り込んだ。リンコはちらっと見たけれど、何も言わない。イエーイ、と心の中でガッツポーズをする。

「あー、食器用洗剤忘れてた。トモ、持ってきて」

リンコは思い出して言った。

「はーい」

トモはひとりで家庭用品の通路へ向かった。家で使ってるのはなんだっけ。トモはいくつか手に取ってみた。家にいたときはあまりに洗い物がたまると、トモが洗っていた。ヒロミがやらないからだ。でもマキオの家に来てからは、トモは家事をやっていない。ご飯を食べたら、食器はすぐに洗う。夕飯の食器を洗うのはマキオの役目みたいだ。洗濯物もちゃんとベランダに出して干しているから、いつもおひさまの匂いがする。

「トモちゃん」

と、突然背後から名前を呼ばれた。ビクリとして振り返ると、カイと、カイの母親、ナオミがいた。

うわ。思わず声を上げそうになる。

トモはナオミが苦手だ。低学年の頃、カイの家に遊びに行ったとき、トモの家庭の事情を根掘り葉掘り聞いてきた。表面的にはやさしくしてくれるけど、実はトモを疎ましく思っているのが伝わってきた。

今、目の前にいるナオミは、ただでさえ気の強そうな顔なのに、さらに眉を吊り上げて、トモを見下ろしている。

「……こんにちは」

トモは食器用洗剤をぎゅっと握り、目を伏せながら挨拶をした。

「お母さん、帰ってこないんですって？」

ナオミがいきなり尋ねてくる。トモはナオミに気づかれないよう、目を上げてカイを睨んだ。

「ちゃんと食べてるの？」

ナオミがトモに近づいてくる。トモは小さくうなずいた。

「あなた、大丈夫？」

ナオミは屈んで、トモの顔をのぞきこんできた。

「え？」

意味がわからずに、トモは思わずナオミを見た。

「ずいぶん変な人と一緒にいるから」

ナオミは眉間に皺《しわ》をよせ、トモを見ている。そして突然しゃがみこんで、トモの両腕を抱えるようにする。

「いい？　困ったら、いつでも家にいらっしゃい。カイも私も、トモちゃんの味方だから。あなたはひとりじゃないのよ」

言うこともやることも芝居がかっている。この人は、こういうことを言ってる自分に酔ってるだけだ。トモは思った。何が味方だ。何がひとりじゃない、だ。トモが家に遊びに行くことすら歓迎していなかったくせに。

「よけいなお世話かもしれないけど、ああいう種類の人と、あんまり一緒にいない方が……、ね？」

ああいう、種類。

その言葉を聞いた途端、トモはナオミの手を乱暴に振り払った。あまりの勢いに、ナオミは床に倒れ込む。

「え？」

呆気に取られているナオミに向かって、トモは手に持っていた食器用洗剤を思いきりぶちまけた。

「きゃああっ」

床に転がり、手で顔を覆っているナオミの全身に、トモはこれでもか、これでもか、と、洗剤をかけまくった。カイは驚き、無言で立ち尽くしている。

「いやああっ」

ナオミの悲鳴に、客たちが集まってきた。それでもトモの気持ちはおさまらなかった。


警備員が飛んできて、トモたちは、スーパーの銀色の扉の向こう側に連れて行かれた。

「……ひとつ　ひよこが　籠の中　だいろくねんね」

ガラス張りの壁で仕切られた事務所の外の手すりに腰かけ、トモは足をぶらぶらさせながら小さな声で鼻歌を歌っていた。

君はここで待ってて。警備員に言われて、トモはここにいる。怒り心頭のナオミにリンコ、そして、本当はトモと一緒にいたそうにしていたカイも、事務所の中にいる。ナオミが弁償だの訴えるだのと大騒ぎしたので、スーパーの警備員だけでなく、警察官も駆けつけていた。

「ふたつ　船には　船頭さんが　だいろくねんね……みっつ　ミヨちゃんがオモチャを持って　だいろくねんね……」

ガラス越しに中は見えるけど、見たくもない。トモは背を向けたまま歌を歌い続けた。どれぐらい経っただろう。歌を何回か繰り返したとき、ドアが開く音がした。トモは歌うのをやめる。一番最初に出てきたリンコに続いて、ナオミとカイ、そして警察官たちがぞろぞろと出てくる。

「被害者の方も、事件にする気はないとおっしゃっているので、まあ、後でクリーニング代でもお支払いして、ね」

警察官がリンコに言った。

「本当に申し訳ございませんでした」

リンコは仁王立ちになっているナオミに頭を下げた。トモは顔を上げなかったけれど、顔を見なくても、ナオミの全身に怒りが燃えたぎっているのがわかる。そしてその横に、カイが居心地悪そうに立っていることも。カイがトモに話しかけたそうにしている気配も。

「ほら、トモも」

リンコはトモの肩に手を置き、立たせようとした。でもトモは手すりに腰かけたまま、立ち上がらなかった。だって悪いのは、トモじゃない。

「本当に申し訳ございません」

リンコがもう一度、深く頭を下げる。ナオミは無言のままリンコをまじまじと見た。そしてカイの肩を抱いて、足早に去っていく。カイがトモの方を振り返った。でもナオミが首根っこをつかむようにして、カイを連れて行った。

「それじゃ」

警察官は事務所の中に戻っていく。リンコは改めてお辞儀をし、ナオミたちが完全に去っていったのをたしかめると、トモに向き直った。

「……帰ろっか」

リンコの言葉にトモは小さくうなずき、うつむいたまま立ち上がった。そしてリンコの手をぎゅっと握る。リンコはしばらくその手を見下ろし、やさしく

微笑んだ。ふたりは手をつないで、歩き出した。

手をつないだまま、無言で、ゆっくりと、ふたりは家に帰ってきた。玄関の中に入ると、リンコはいつもそうするようにベランダの窓を開けて部屋の中の空気を入れ替えた。ふう、と、ひとつ息をついて、ソファに腰を下ろす。トモはリュックを下ろすと、リンコに向き直った。

「……ごめんなさい」

リンコは何も言わず、ポンポン、と、ソファの自分の隣を叩く。トモは隣に腰を下ろした。

「アタシに謝れて、なんであのオバサンには謝れなかったの?」

リンコに聞かれたけれど、トモは黙っていた。

「なんか、言われた? あのオバサンに」

尋ねられたけど、トモはじっとうつむいていた。スーパーの事務所に連れて行かれたときから、ずっと顔を上げていない。

「もしかして、アタシのこと?」

リンコはソファにもたれかかり、微笑みながらトモをじっと見ている。でもトモは顔を上げられない。

「ねえ、トモ……」

リンコは静かに口を開いた。そして体を起こし、真剣な口調で言う。

「何があっても、何を言われても、あんなことしちゃ絶対にダメ。飲み込んで、踏ん張って、がまんして、怒りが通り過ぎ去るのを待つの」

「通り過ぎないときは？」

トモは尋ねた。ナオミへの怒りは、洗剤をぶちまけたぐらいじゃまだ消えていない。それどころか、さっきよりも強くなっている。怒りの炎が、トモの胸の中でめらめらと燃え盛っている。

そんなトモの様子を見て、リンコは深いため息をついた。そして手を伸ばし、テーブルの上の籠の中から、編み棒を手に取った。エメラルドグリーンと黄色がボーダーになっている、可愛い編みかけの作品の続きを、リンコは慣れた手つきで器用に編んでいく。ようやく顔を上げたトモは、その指先をじっと見つめた。

「……アタシはね、これで、すっげー悔しいこととか、死ぬほど悲しかったりすることを、全部チャラにするの。誰かに洗剤ぶっかける代わりにね」

リンコはトモと目を合わせて、ちょっと意地悪っぽく笑う。トモはまた目を伏せた。リンコは編み物をする手を休めずに続ける。

「ざっけんじゃねえよ、ちくしょー、ちくしょーって、ひと目ひと目編みながら。そうするとね、いつの間にか心がすーっと平らになる」

「マキオの腹巻はリンコさんが作ったの?」

トモは尋ねた。マキオは暖かくなってきても、毎晩あの色とりどりの腹巻をして寝ている。

「そうよ。トモにも、なんか作ってあげる。マフラーでもセーターでも手袋でも。何がいい?」

「こんな暖かい日に考えられないよ」

ただでさえ、今着ている長袖じゃもう暑いくらいなのに。本当は家に帰ってTシャツを持ってきたいぐらいだ。

「そりゃそうだよね」

リンコは笑った。

「そういえば、ママは、マフラーも手袋もセーターも、毛糸の物は買ってくれたことない」

クローゼットの中身を思い浮かべていたトモはふと呟《つぶや》いた。

「なんで？」

「わからない」

「ふーん……」

リンコはまた手元に視線を落とす。

「これ何？　同じものいっぱいあった」

トモは、籠の中に入っている棒状の細長いものを出して、聞いてみた。この家にきたときにそうしたように手にはめてみるけれど、やっぱり親指がないから手袋ではない。

「これはね……アタシの煩悩」

リンコは、編み物の手を止めずに言った。

「ボンノウ？」

尋ねると、リンコはこくりとうなずいた。

「下の手術したときさ、けっこう辛かったんだよね。痛くて、痒《かゆ》くて。なんでアタシがこんな苦しい思いをしなくちゃいけないんだろうって……。アタシ、何か間違ったことしたかなって……。ま、間違ったのはアタシじゃなくて、神様がアタシの造形を間違ったんだけど」

リンコは一度トモの顔を見て笑ってから、続けた。

「これは、アタシの男根への供養」

「ダンコン？」

トモはしばらく考えた。ボンノウはよくわからなかった。でもダンコンは、わかるような気がする。

「じゃあこれ、リンコさんの……」

トモが言うと、リンコは顔を上げた。ふたりは一瞬、見つめ合う。

「チンコです」

いたずらっぽく言うリンコの言葉に、トモはふきだした。

「ヘンタイだ」

トモは手に持っていた毛糸のボンノウをリンコに押しつける。

「失礼ね」

リンコはボンノウでトモを軽くたたく。ふたりは声を合わせて笑った。

「これを一〇八個作ったら、燃やすの」

「一〇八？」

トモはまたしばらく考えた。今日のリンコの話は難しい。

「消費税込み？」

「バカ！　一〇八ってーのは、人間のボンノウの数。除夜の鐘は大みそかの夜に一〇八回撞《つ》くでしょ。数珠の珠《たま》の数も一〇八。供養が終わったら、戸籍を女性に変えるつもり」

よくわからないけど、編み物をすることで、リンコは悔しかったり悲しかったりする気持ちを平らにするって言った。ダンコンをボンノウの数だけ編んで、燃やす。そうしたらリンコの気持ちは真っ平らになるのだろうか。

だったら。

「……アタシもボンノウ、作ってみたい」

トモの口から、自然とそんな言葉が出た。一緒に編んで、リンコのためになるのなら。そして、トモ自身ももっと強くなれたなら。

トモの申し出に、リンコは目を丸くしたような表情を浮かべ、やがて笑顔になる。そしてトモの隣にぴったりとくっついて座った。

「この人差し指と中指の間にこの糸をこうやって……こうやって持つのね。OK?」

「うん」

トモは教えてくれるリンコと、同じ手つきをしてみる。リンコは自分が使っていた編み棒をトモに持たせた。

「こう?」

「うん、で、こうやって人差し指、そうそう……中指、そうそう。で、こうでしょ」

リンコはトモの肩を抱くようにして、両手を回して教え始める。

「で、この棒をこの一番ここ……そう、そこに通して、そう、そしたら、これを……」

トモは言われたとおりに編み棒を動かした。

＊

その夜、リンコがお風呂から上がってくると、いつものようにマキオがキッチンで食器を洗っていた。リンコは冷蔵庫から瓶ビールを取り出し、コップに注いでダイニングで飲み始めると、洗い物を終えたマキオも、冷蔵庫からビールを取り、瓶から直接飲み始める。

「ねえ、マキオ」

リンコは切り出した。

「ん?」

「アタシね、トモのことが、可愛くて可愛くて、どうしようもない」

リンコの言葉に、マキオは笑ってうなずいている。

「もし……もしもさ、トモのママがこのままずっと帰ってこなかったら、トモのこと、養子にできるのかな」

「え」

あまりにも意外だったのか、マキオは黙り込んだ。

「アタシ、戸籍を女に変えて、マキオと結婚したら、トモのママになれるのかな」

思い切って言うと、マキオは黙ってしまった。

「ごめん。結婚までは考えてないか。図々しいよね」

リンコは肩をすぼめ、唇を噛んだ。


好きです。

マキオに告白をされたとき、リンコは戸惑った。これまで生きてきて、マキオのような「普通」の男性に告白されたことがなかったからだ。それまでも何人かの男性とつきあったことはあった。でもそれは相手も男性を好きになる男性だった。彼らとリンコのつきあいは、世間的に堂々としたものではなかった。リンコと興味本位でつきあった男性もいた。一番真剣につきあった男性も、リンコのことを親や友だちには紹介してくれなかった。

だからマキオに好きだと言われても、その気持ちが真剣だなんて信じられなかった。たとえそのとき真剣だとしても、リンコが女性ではないと知ったらすぐに離れていくだろう。マキオのことを好きになってから傷つくのは怖かった。

気持ちはとても嬉しい。でも、自分はもともと男性だった。

そのことをリンコはすぐに告げた。

「……え」

マキオは一瞬驚きの表情を浮かべ、言葉が出ない様子だった。でも、引き下がらなかった。そして、サユリの見舞いに来るたびにリンコに気持ちを伝えてきた。

そして次第に、リンコの気持ちもマキオに傾いていった。マキオのことを知れば知るほど、本当に誠実で心のやさしい人間だとわかった。つきあうようになって、街を寄りそい歩いていると、世間の人に好奇の目で見られた。リンコは慌ててマキオから離れたけれど、マキオは誰に何を言われてもまったく気にすることなく、飄々としていた。フミコ以外の人間が自分を大切にしてくれている。リンコは初めて実感した。

やがて一緒に暮らすことになった。それだってマキオから言い出してくれた。このままずっと一緒にいたい。その気持ちはマキオも同じだと思っていた。だからつい、調子に乗ってしまった。戸籍を変えてマキオと結婚するだなんて、勝手にひとりで夢を見ていた。

リンコはじっとうつむいていた。

「そんなことない」

マキオはゆっくりと口を開いた。

「ボクはそんな風にふざけた気持ちでリンコさんとつきあってない。受け入れます、全部」

ひとことひとこと、まっすぐにリンコを見ながら続ける。

「リンコさんがそう思ってくれるなら、トモのこと、真剣に考えてみよう、一緒に」

「……うん」

リンコは小さくうなずいた。心から嬉しかった。これからもずっと、マキオと一緒にいられることも、そして、もしかしたらトモと一緒にいられることも。嬉しいのに、なぜか顔を上げられずにいると、マキオが立ち上がって近づいてきた。そしてリンコを抱きしめて、頭と肩を撫でてくれる。リンコはマキオの胸に顔を埋めた。マキオはそっと顔を近づけ、リンコにやさしくキスをした。

＊

マキオの家から通うようになって、学校に着くのはいつもギリギリの時間だった。三階まで階段を上り、教室から漏れてくる声がざわざわと騒がしい廊下を通り抜け、教室に入っていく。

「来たぞ！」

ユウタが声を上げ、さっと席に着いた。あたりを見回すと、教室の雰囲気がいつもと違う。自分の席で本を読んでいるカイ以外は、みんなトモの顔を見ていた。黒板を見ると、大きく『オガワトモ・変態家族』と書いてある。黒板を見て、呆然と立ち尽くすトモを見て、みんなはくすくす笑っている。

トモはスタスタとカイの席に行き、胸ぐらを思いきりつかんだ。

「おまえか？」

尋ねると、カイは首を振った。違う、ボクじゃない。その目は真剣に、トモに訴えている。じゃあ誰が。カイをつかんだまま、トモは教室をぐるりと見回した。昨日まで仲が良かったアヤとクルミ、ユキノがクスクス笑いながら、トモを意地の悪い目で見ている。トモはカイを突き飛ばすように手を放し、そのまま教室を出ていった。


学校からトモのマンションまでの川沿いを久々に歩いた。川沿いの桜はほとんど散ってしまい、赤く残っているガクの部分がなんだか物悲しい。橋を渡る途中、トモは足を止めた。欄干をつかみ、乗り出して川面をのぞき込む。花びらが大量に流れ、一か所に固まっている。トモは顔を上げた。コツコツと響く足音に顔を上げると、視線の先にある階段を、ゆっくりと上がっているのは……。

「ママ？」

ヒロミが帰ってきた？　トモは走り出した。さっきヒロミが上っていた階段を一段抜かしで駆け上がって道に出たけれど、どこにもいない。でもここを歩いていたということは、家に帰ってきたんだ。トモは急いでマンションに向かった。

「ママ！」

鍵を開け、部屋に駆け込んだ。でも目に飛び込んできたのは、トモが出てきた日のままの散らかった部屋だ。ヒロミが帰ってきた気配はない。

走ってきたせいで、呼吸が整わない。トモは荒い息をしながら立ちつくしていた。だんだんと鼻の奥が痛くなってきて、過呼吸のように息がうまくできなくなってくる。

トモは床に叩きつけるようにランドセルを下ろし、和室に入っていった。たんすのひきだしを開け、ヒロミのブラウスを出す。顔を埋めると、かすかにヒロミの匂いがする。しばらくそのままでいたトモは、顔を上げてひきだしの奥からどんどん服を出した。そして、片っ端から引き裂いていく。

「……う」

何枚目かで力尽き、ついにこらえられなくなり……。トモは敷きっぱなしの布団の上にぶちまけたヒロミの服につっぷして、泣き始めた。

「……うう、う……」

薄暗い部屋に、トモの押し殺した泣き声が吸い込まれていくようだった。

夜、マキオとリンコはダイニングテーブルに向かい合って座っていた。ふたりとも仕事から帰ってきたまま着替えもしていない。マキオは顔を上げて時計をちらちらと気にしている。リンコはうつむき、祈るような気持ちでいた。そのとき、ガチャン、と、玄関のドアが開く音がした。ふたりは同時に立ち上がり、玄関に向かった。

「トモ、こんな時間までどこ行ってたの?」

リンコは尋ねた。トモは心持ちやつれた様子で、力なく立っている。

「学校に連絡したら、朝からいないって言われるし、いったい何やってたんだよ」

マキオも問いかけたが、やっぱりトモは何も言わない。

「心配したんだよ……」

リンコは思わず責めるような声を上げてしまった。

「ちゃんと答えなさい！」

しゃがみ込み、トモの腕をつかんで揺すった。心配していた気持ちが、どんどん溢れてしまう。トモは顔を上げ、そんなリンコを睨みつけた。

「ママでもないくせに」

トモは低い声で言うと、ドタドタと足音をたてて和室に入っていく。

「トモ！」

マキオがたしなめたが、トモは振り返らなかった。和室のふすまを閉め、押し入れを開けると、中からマキオとリンコの分の布団を出して畳の上に放り出す。そしてよじのぼり、中にたてこもった。

「トモ……」

マキオが力なく呟く横で、リンコはしゃがみこんだまま身動きができずにいた。

＊

「ひとつ　ひよこが　籠の中　だいろくねんね、ふたつ　船には　船頭さんが　だいろくねんね……」

サユリは中庭で、朝食のパンをちぎって池の鯉に投げていた。『鯉にえさを与えないでください』の看板などまったく目に入ってない。リンコはその隣で一心不乱に編み物をしていた。少しでもぼんやりすると、余計なことを考えてしまう。だからひたすら、網目だけを見つめた。

ざっけんじゃねえよ、ちくしょー、ちくしょー。

心の中で唱えながらひと目ひと目編んでいくと、いつの間にか心が平らになるはずだった。

いつもは周りの人や、リンコの体の造形を間違えた神様に怒りをぶつけていた。でも今日は違う。リンコは湧き上がってくる思いをどうにかこらえようと、猛スピードで編んでいく。

「みっつ……」

そこまで歌ったところでパンがなくなり、サユリは黙った。そしてリンコの方を見る。

「上手ね」

「ありがとうございます」

「あなた、大きな手」

サユリの言葉にドキリとして、リンコは手を隠したくなる。

「ちょっと、貸して」

サユリに声をかけられ、リンコは編み棒を渡した。これまでぼんやりとした目をしていたサユリは人が変わったように生き生きと編み棒を動かす。毎日編み物をしているリンコよりもずっと早い。

「すごい。お上手ですね」

リンコは低いトーンで声をかけた。昨夜のトモの件でショックを受けていて、今日は朝からうまく笑えない。

「昔、やってたのよ」

現実と夢の世界を行ったり来たりしているサユリが、編み棒を持った途端にすっかり正気になっている。

「夫が長ーいこと浮気してててね、とうとう女のとこに行ったきり、家に帰ってこなくなっちゃったの。悔しくて悔しくて、どうしようもなくて……」

ひと目ひと目編みながら、サユリが話し続けるのを、リンコは黙って聞いていた。

「何かしてないと、どうにかなりそうで、子どもたちのセーターやマフラー、いっぱい編んだわ。でも、なぜかヒロミはちっとも着てくれなかった。嫌だって。あの子、敏感だったから、そうゆう私の気持ちに気がついていたのかもしれないわね」

サユリは遠い目をして言った。

「それにしたって、大事に大事に育てたのに、どうせどっか行っちゃうんだもの。子どもなんて本当につまんない。あなた、そう思わない？」

端まで編んだサユリは、次の段を編んでいく。

「はぁ……」

リンコは曖昧にうなずくしかない。

「……編んだ物、捨てるのもなんだし、たまっちゃってね、三年間で大きな段ボール五つ分。やっと夫が帰ってきたのは、死んでから。離婚はしてなかったから、亡骸が家に運ばれてきたの。夫の棺桶に、それまで編んだ編み物、全部敷き詰めてやった。私の怨念に囲まれて、あの人……」

サユリはフフフ、と笑った。

「今の話、秘密よ」

そう言って肩をすくめるサユリは、艶《なま》めかしい女の顔をしていた。

今は時折夢の世界に漂っている目の前のサユリは、トモのお母さんと、マキオを生んだ母親だ。けっして器用には生きてはこられなかったかもしれない。サユリは大事に大事に育てたつもりでも、子どもたちはどこかに行ってしまって、寂しい母親なのかもしれない。

それでも、リンコには決してなれない、母親になれた女性なんだ。そんなことくにわかっていたのに、リンコはなぜか今、改めてその事実を突きつけられた気がした。

サユリはベンチの横で、また編み物の続きを始めている。リンコは前に向き直り、池の鯉を見つめた。

＊

カイはひとり、放課後の教室のベランダに出て、校庭を見下ろしていた。ちょうど六年生が昇降口から出てくる頃だ。大野くんはいつも、男友だちに囲まれてワイワイと出てくる。その中でも大野くんの笑顔はとびきり輝いている。どんなに大勢の中にいたって、すぐに大野くんを見つけることができる。カイは静かにその笑顔を見ているのが好きだった。今日も一日、学校では誰とも話していない。だけど、そんな寂しさも、大野くんの笑顔を見ていれば、吹き飛んでいった。

しばらく見ていると、大野くんが出てきた。大野くんは後ろを振り返っている。そして……女子生徒が出てきた。ぎこちない距離を取りながらも、ふたりの周りには親密な空気が流れている。白いセーターにひらひらの可愛らしいスカートを履いたその女子生徒は、ランドセルの肩ひもを両手でつかみ、小さくスキップをするように歩いている。カイの側からは顔は見えないけれど、嬉しそうな様子が全身から伝わってきた。大野くんも、サッカーをしているときとは違う笑顔を浮かべて、校庭を横切って行った。

ドキドキして大野くんを待っていたカイの心臓は、別の意味で激しく音を立てた。心臓が耳元で鳴っているみたいだ。カイの頭の中に、トモがスーパーでナオミに洗剤をかけた日に、ナオミに言われたことがグルグルと回る。

「トモちゃんとは、もう遊んじゃダメよ」

スーパーでの騒ぎがあった日、帰宅して着替えを済ませたナオミは、リビングにカイを呼んで言いきかせた。

「学校でも話してはいけません」

「なんで？」

カイは力なく聞いた。

「一緒にいた人、見たでしょ。普通じゃないの」

「……普通って何？」

「普通は普通。異常でないことよ」

ナオミはきっぱりと言い放った。

大野くんが好き。でも大野くんは女の子と帰って行く。大野くんは女の子を好きになる。それが「普通」で、自分みたいな人間は「普通」じゃない。

カイはその場に崩れ落ちるように座り込んだ。

＊

トモはリビングでＷｉｉをしていた。

今日は学校をサボった。昨日、学校を飛び出してしまい、今さらどんな顔をして行ったらいいのかわからなかったし、とても行きたい気分じゃなかった。何より、押し入れから出たくなかった。リンコとマキオが出勤してから出てくると、ちゃんと朝食が作ってあった。

お味噌汁と、焼き魚と、卵焼きと、サラダ。そして伏せられたお茶碗。今日はメモは添えられていなかった。お腹が空いていたので、全部食べた。食器は流しに出した。洗おうかどうか一瞬、迷って、食器用洗剤を見つめた。そして結局洗わずに、シャワーを浴びて着替えた。あとはずっと、テレビを見たり、ゲームをしたりしながらダラダラと過ごしていた。

「やったー」

記録を更新し、大満足だ。スナック菓子を食べながらゲームを続けていると、ガチャッと玄関が開く音がした。リモコンを置いてテレビを消し、慌てて押し入れの中に隠れる。

「ただいま」

リンコの声が聞こえてくる。そしてしばらく無音になった。きっと、だらしなく散らかしたスナック菓子の袋を見てため息をついているのだろう。真っ暗な押し入れの中で膝を抱えながら、トモは帰ってきたときのリンコの様子を、頭の中で思い描く。いつもだったら、だらしないトモを叱る声が響くはずだ。でも今日は違う。

このままでいいとは思ってない。ひどいことを言ってしまって、謝らなくちゃいけないとも思っている。でも、どうしたらいいのかわからない。

「つっかれちゃったー」

しばらくすると物音がして、すぐ近くでリンコの声が聞こえた。押し入れのふすまが少しきしむ。リンコが寄りかかる音、ビールを飲んで喉が鳴る音……。いつもなら聞こえないようなかすかな音が、ここにいるとはっきり聞こえてくる。

「あー。ビール発明した人にノーベル賞あげたーい」

リンコはそう言うと、

「その中、暑いでしょ」

と、押し入れのふすまが開いた。トモは身を硬くする。でもリンコはふすまを数センチ開けて「これ差し入れ」と、ラムネの瓶を置くとすぐに閉めた。いつも家の冷蔵庫にラムネは置いていないから、きっと買ってきてくれたのだろう。そして、ラムネの瓶には紙コップがかぶせてあって、底には毛糸がつけてある。糸電話だ。

リンコは押し入れから少し離れてたたんだ布団によりかかり、紙コップを手に取った。

「糸電話って、糸より毛糸の方が伝達いいって知ってた？」

リンコは紙コップに口を当てる。

「トモ、ナイショ話、しよう」

押し入れの中のトモに声をかけた。トモも紙コップを手にしてくれたみたいで、糸がピンと張る。

「えーっと、じゃあまず、アタシのとっておきの秘密……。アタシの昔の名前、リンタロウでした」

リンタロウ。その五文字を久しぶりに口にした。リンコは思わずククク、と笑ってしまう。

「恥ずかしい」

リンコが笑って肩をすくめると、押し入れの中でもかすかにトモが笑ったような声が聞こえてきた。リンコは少し安心して、紙コップを持っていない方の手をかざした。

「名前も体も直したけど、この手のでかさは直せないんだよね」

サユリにも、大きな手、と言われてしまった。リンコは自分の手の甲とてのひらを何度か見て、手を下ろす。

「手のでかさと同じ、アタシにはどう頑張っても、自分の力じゃどうにもならないことがある……マキオの子どもも産めない」

ニセのオッパイは作れても、男性器を取っても、どんなにお金を貯めて、辛い手術に耐えても、お腹の中で子どもを育てることはできない。それだけはどうにもならない。わかってはいたことなのに、乗り越えたはずなのに、悲しみは拭い切れない。

リンコは黙りこんだ。トモも何も言わない。あたりまえだ。十一歳のトモに、なんてことを言っているのだろう。リンコは小さくため息をついた。押し入れに伸びる毛糸をつけた紙コップを手にしたまま、時間が流れていく。

「はい、トモの番だよ」

リンコは明るい声で言い、紙コップを耳に当てた。トモも耳から口に移動したのか、毛糸が揺れる。

「……昨日、ママを、見かけた」

トモは言った。

たったそれだけの言葉が、リンコの胸に様々な現実を突きつけた。

ヒロミが、帰ってきたのかもしれない。見かけたけれど、おそらく会えなくて、トモは落ち込んで、夜まで帰ってこなかった。あまりにショックを受けたからこそ、リンコに「ママでもないくせに」という言葉を投げつけたのだろう。そして今も、トモはリンコを拒絶している。

もうそれ以上、考えたくなかった。トモの言葉の続きも聞きたくない。押し入れのふすまを挟んで、ここにいるのも辛い。

「あ、アタシ、毛糸、買ってくるね」

リンコは慌ただしく立ち上がった。

「ゲーム、片づけといてよ」

それだけ言うと、リンコはさっきダイニングテーブルに置いたバッグを手に、玄関を出た。

リンコが出て行く足音がして、玄関のドアがバタン、と閉まる。トモはそっと押し入れのふすまを開けた。リビングの方を見て、リンコがいないことを確認してから、畳に下りる。トモは押し入れに寄りかかってラムネを飲んだ。ビンを揺すってみると、午後の陽射しの中、ガラスの玉がキラキラとビンの中で光っていた。

＊

リンコは、お花見の日に三人で走った土手を、自転車で走っていた。青空の下、ピンク色の花びらが舞う中、笑顔で駆け抜けた。あの日に、あの時に、あの、幸せが凝縮したような時間に戻りたい。でも戻れない。

リンコはひたすらペダルを漕いだ。バッグには編み棒が入っているけれど、今はやる気にはならなかった。だんだんと日が沈んできて土手はオレンジ色に染まっている。目的もなく、ただまっすぐに走っていた。あのお花見の日のように、思いきり声を上げたい気分だった。

土手で無邪気に遊ぶ小学生の男の子たち。階段に座っている高校生のカップル。ランニングしている男性や、ゆっくりと歩いている老夫婦。ごくありふれた、平日の夕方の光景が広がっている。と、向かい側から親子連れが歩いてくるのが見えたので、リンコは自転車の速度を緩めた。三つか四つぐらいの女の子は泣きながら母親を追いかけ、何かを訴えている。お腹の大きい母親は、女の子の言うことには耳を貸さずに、うんざりしたような表情を浮かべて歩いている。あともう少しですれ違うというときに、女の子が石につまづいた。

「あっ」

リンコがぶつかったわけでもないのに、なぜか動揺してしまい、ハンドルを持つ手が土手の斜面の方に傾いた。

ガシャーン。

リンコは自転車に乗ったままの体勢で倒れ、そのまま土手に投げ出された。

「大丈夫ですか？」

女の子の母親が、土手をのぞきこむようにして声をかけてくる。泣いていた女の子は驚いて泣き止んでいる。

「大丈夫。大丈夫ですから……」

起き上がろうとして、地面に手をつく。

「痛っ……」

手首に痛みが走り、リンコは顔をしかめた。


リンコが出かけた後、トモは再び押し入れから出た。ゲームの続きをしようと思ってリビングに行ったけれど、なんだかそんな気にはならなかった。

ヒロミと暮らすマンションに帰っていた頃はいつもひとりだったのに、何をして過ごしていたんだろう。トモはテレビをつけた。夕方のニュース番組が流れる。そういえばニュースを流しながら宿題をしていたんだっけ。ほんの少し前のことだったのに、なぜか遠い日の記憶のように思える。自分はずっと、ここにいたような気がする。ヒロミの服を引き裂いて、そのままにしてきたマンションに、帰りたいのか帰りたくないのか、自分でもよくわからない。

遅い朝食を食べただけだったので、お腹が空いてきた。家にいた頃はおにぎりだけで過ごしていたのに、リンコがきちんとご飯を食べさせてくれるので、今はこうして規則正しくお腹が空くようになった。冷蔵庫の中のものを適当に食べて過ごしているうちに、夜のバラエティ番組が始まった。リンコはまだ帰ってこない。トモが意地を張っていたから、リンコも同じようにしているのかもしれない。そんなことを思っていると、玄関の鍵が開く音がした。リンコだ。慌てて押し入れの中に飛び込んでいく。

「ただいまー」

聞こえてきたのは、マキオの声だ。

「あれ、誰もいないの?」

マキオは押し入れに近づいてきた。

「トモはいるんだろ。いいかげん出ておいで」

マキオが声をかけてくるけれど、トモはかたくなに膝を抱えていた。

「リンコさん、今日早番のはずだけど帰ってきてな……」

押し入れの外でマキオが言いかけたとき、携帯が鳴る音がした。

「……あ、リンコさん?」

どうやらリンコからの電話みたいだ。トモは耳を澄ます。

「は？　入院？」

マキオの言葉に、トモはふすまを開けて転がるように飛び出した。通話を終えたマキオは、携帯を手にしたまま呆然としている。

「マキオ、どうしたの？」

マキオの体を揺するようにして尋ねると、

「トモ、行くぞ」

我に返ったマキオは、すぐに玄関に向かった。トモも慌てて、後に続く。

「ねえ、どういうこと？　病院からなの？　リンコさんは無事なの？」

早足で歩いていくマキオの後ろ姿に、尋ねる。

「……あ、うん。自転車で転んで、救急車で運ばれたって」

「救急車？」

「でも、たいした怪我じゃないらしい。今、病院にいるって」

「リンコさん、大丈夫なんだよね？」

「うん、でもひとつ、問題が……」

「何？」

「タクシーの中で話す」

マキオは多くは語らなかったけれど、リンコが傷ついていることが伝わってきた。

「……マキオ、急ごう」

トモは大通りまでの道を走り出した。


消毒液の匂い、どこからか聞こえてくるピッピッという機械音、薄暗い廊下を行き交う看護師や入院患者たち……。そんな中をものすごい形相で歩いていくマキオの背中を、トモは小走りで追いかけた。

ナースステーションに到着したマキオは、自分はリンコの身内だと伝える。

すると、担当の看護師が出てきた。

「入院しなきゃ、ダメなんですか？」

マキオが尋ねる。

「頭を打ってるようですから、検査はしないと」

リンコは倒れたときに、石に頭をぶつけたらしい。

「なら、なんとかなりませんか？」

リンコを男性部屋から女性部屋に移してほしい。マキオは頼んだ。怪我をしているることで動揺しているのはもちろん、リンコは男性部屋に入院することに戸惑っている。マキオはここへ来るまでのタクシーの中で、トモに説明した。

「いや、そう言われても……」

看護師は困惑した表情を浮かべる。

「お願いします」

マキオは頭を下げた。

「念のための検査入院です。たった一泊、がまんできませんか？」

看護師はあきらかに面倒くさそうだ。

「できないから言ってるんです。彼女は女性です。見ればわかるじゃないですか」

マキオの言葉を聞いて、看護師は鼻で笑った。

「保険証では男性ですからねぇ」

「納得できません。すぐに女性部屋に移してください」

マキオは声を震わせながら、訴えた。

「空きがないんです」

看護師は手にしていたファイルを、パタン、と乱暴に閉じた。

「だからって……」

「一泊四十万の個室なら空いてますけど、そちらに移動されますか?」

できないとわかっているのに、看護師は皮肉を込めて言う。トモは必死に怒りを抑え、唇を噛みしめた。

「うーっ」

あまりに悔しくて、唸《うな》り声が漏れてしまう。握った拳が、痛いほどだ。トモはその場を去り、ドスドスと廊下を歩きながら病室へ向かった。

「あなたのやっていることは人権侵害だ! 差別です、わかってるんですか?」

「大きな声出さないでください」

マキオと看護師のやりとりが聞こえていたが、トモはかまわず歩き続けた。

怒りのエネルギーをそのままぶつけるように、トモは病室のドアを勢いよく開けた。病室は六人部屋だった。あたりまえだけれど、全員男の人だ。トモが入っていっても気にも留めず、だらしない格好のまま、漫画を読んだり、携帯をいじったりしている。その中でカーテンがぴっちりと閉まっているベッドがあった。トモはカーテンを開けて入っていき、すぐに後ろ手でカーテンを閉めた。ベッドの上では、手首に包帯を巻いたリンコが心細そうに座っていた。

「……ごめんね」

リンコが上目遣いでトモを見た。リンコが無事な姿を見て安心したのに、笑うことも、声をかけることも、できなかった。トモは唇を結んだまま、リンコの方に近づいていった。

「……うぅ」

あふれそうな涙を、必死でこらえる。リンコのそばまで来たとき、ついにこらえ切れなくなった。と、トモはベッドの横のテーブルに、リンコのバッグが置いてあることに気づいた。バッグに編み棒が入っている。トモは編み棒と毛糸を取り出してベッドの足元に腰掛け、編み物の続きを始めた。

「うーっ……」

嗚咽《おえつ》が漏れても、トモは必死でこらえ、手を動かした。

「トモが泣かなくていいんだよ」

リンコが体を近づけてきて、やさしくトモの肩に手を当てる。

「く……くやしい」

こらえきれずに涙があふれてしまう。

「えらいね。よくがまんしたね」

リンコは微笑みながら、トモの肩を撫でてくれた。

看護師の態度、男くさいこの部屋、所在なげに座っているリンコ……。くやしくてたまらない。トモはリンコのぬくもりを感じながら、ひたすら編み棒を動かした。

＊

リンコの検査の結果は、なんともなかった。無事に退院してから数日後、リンコは佑香の結婚式に出席した。

この日は文句のつけどころのない晴天で、青空の下、寺の木々が眩しいほどだった。奏楽の調べの中、白無垢姿の佑香と紋付袴姿の新郎が、ゆっくりと歩いていく。リンコはマキオとトモと三人で、すこし距離を置いた場所から佑香を見守っていた。佑香がリンコに気づき、かすかに笑みを浮かべながら視線を送ってくる。リンコも笑い返し、小さく手を振った。リンコはあたたかい気持ちのままマキオに寄り添い、そっと手をつないだ。


結婚式からの帰り、三人は薄い水色とオレンジ色が混ざったような夕暮れの空の下、土手を歩いていた。

「ちょっと休んでいこうか」

マキオは階段に腰を下ろし、さっき買ったビールを取り出した。リンコも飲むかと聞かれたけれど首を横に振り、バッグから編み棒と毛糸を取り出す。

「あ、アタシもやる」

トモが言い、リンコと並んで編み始めた。

「あー、ビール発明した人にノーベル賞あげたい」

ふたりの後ろでビールを飲んでいたマキオは、大きな声を上げた。その声が、だんだんとオレンジ色が濃くなっていく空に、吸い込まれていく。

「早っ」

トモはリンコの早いペースの編み方を見て声を上げた。リンコはビールも飲まず、眉間に皺をよせるほど集中して、ものすごいスピードで編んでいる。

「アタシね、さっさと供養を終わらせて、とっとと女になるって決めた」

リンコは言った。リンコの気持ちが、トモにはわかるようで、わからない。でもわからないようで、わかる。トモは誰に対してでもなく大きくうなずき、自分も編み物に集中した。

「ボクにもやらせて」

ビールを飲み終え、さっきからじっとトモとリンコの話を聞いていたマキオが、階段を下りてきてトモの隣に座った。

「マキオが？」

マキオは手先が不器用だったはずだ。トモが驚いていると、教えてほしいと言ってきた。

「いいよ。じゃ、まずこう持って……」

トモは、リンコが教えてくれたときのようにまずは自分が編み棒を持ったまま、手本を示す。

「ん？」

マキオはぎこちない手つきで編み棒を受け取った。

「そしたら、これをここに……こう」

「……こう？」

三人は夕暮れの土手で、編み物を続けた。

夕飯は、フミコとヨシオが暮らす家で食べることになっていた。

「鍋パーティなんだって」

リンコがマキオとトモに言った。トモたちが到着すると、玄関を開けた途端、いい香りが漂ってきた。

「お疲れさま。お腹空いたでしょ。もうすぐできるわよ」

そう言いながらもフミコは座っているだけで、キッチンに立って、鍋の味つけをしているのはヨシオだ。

「お待たせしました」

鍋つかみを両手にはめたヨシオが鍋を持ってきて、テーブルに置く。ふたを開けると、もわーっと湯気が立ち上がった。

「わーッ」

出汁の匂いが広がり、マキオが声を上げる。

「また鍋?」

リンコは向かい側の席に座っているフミコを見て顔をしかめた。

「今日こそ鍋でしょ。みんなで食べるのがいいのよ」

「そう思います」

フミコに同意するマキオに、隣の席のリンコがビールを注いだ。フミコは自分で自分のコップに注ぎながら「ねー?」とマキオに笑いかける。

「たくさん食べてね」

フミコは隣に座っているトモに言った。

「はい」

トモはうなずいた。最初は苦手だと思ったフミコだけれど、話しやすい人だということがわかってきた。でもみんなで食べる鍋はトモにとっては初体験で、少しだけ緊張している。

「じゃあ、食べましょう」

後から鍋に追加するうどんの皿を取ってきたヨシオが〝お誕生会の主役の席〟に着く。とはいえ今日はヨシオのお誕生会ではない。リンコとマキオが「結婚する」と、フミコに報告したところ、だったらお祝いしようと、招待してくれたのだ。

「はい、じゃ乾杯しよ」

フミコが音頭を取り、大人たちはビールで乾杯する。

「乾杯」

トモもウーロン茶の入ったコップを合わせた。

「お皿」

ヨシオが立ち上がってトモに向かって手を出した。器を渡すと、よそってくれる。無口なヨシオとはまだしゃべったことはないけれど、いつもさりげなくやさしい。

「いただきまーす」

マキオは煮物が盛ってある大皿を手に取り、自分の取り皿に分けている。どうやら煮物もヨシオの手作りらしい。

「今日の鶏は普通の鶏ではございません。青森のシャモロックでございます」

ヨシオは得意げにうんちくを傾けた。

「はいはい」

リンコは適当にかわしている。

「シャモロック？　シャモロック……シャモロック……おいしそう」

マキオは鍋をよそい、

「ありがとう。いただきます」

フミコはヨシオによそってもらって笑顔を見せる。

「マキオくん、お母さんの様子は？」

フミコがふと顔を上げた。

「はい、リンコさんがよくしてくれているおかげで、安定してます」

「そう」

フミコはうなずくと、

「あんたって、つくづく強運な女よね」

と、リンコを見る。

「なんで？」

「だってそうでしょ。どんなにがんばっても結婚は無理かなって思ってたけど、マキオくんみたいな理解のある男性が見つかって。それだけで十分すごいことなのに、ましてやそのお父さんはすでに亡くなってて、お母さんはその……ん……なんていうか、ねえ」

フミコはごまかすように豪快に笑う。

「お母さん！」

リンコはフミコをたしなめた。

「何よ、本当のことでしょ。マキオくんの両親が元気だったら、あんたのこと理解しろって言ったって、そんな簡単なことじゃないのよ」

フミコが言うが、リンコはムッとしてうつむいている。でもそのかわり、マキオがうなずいていた。

「失礼極まりないことは重々承知の上で……」

フミコはフフッと肩をすくめる
「でも、やっぱりラッキーって感じ」

ピースサインを出すフミコを見て、マキオは穏やかに笑っている。

「やめてよ、お母さん」

リンコはフミコを睨みつけた。

「だって私、自分の娘が一番可愛いんだもん」

豪快に笑いながらビールを飲んでいるフミコを、トモはハッと見た。

トモが想像できないぐらい、リンコにはこれまで辛いことがあっただろう。理不尽なことばかりだっただろう。でも、フミコにこんなにも愛されている。男に生まれたリンコを自分の娘、と言って、一番可愛いと言い切るフミコがいる。それだけで、リンコの心の幹というか、人間としての中心の部分はぐらつかないでいられたのではないか。だからきっと、リンコは強く、きれいでいられたんだ。トモはぼんやりと思う。フミコの空になったコップに、ヨシオはすぐにビールを注いだ。

「ありがとう」

フミコはヨシオが何かをしてくれると必ず「ありがとう」と言う。さっきトモにも、リンコと仲良くしてくれてありがとう、とそっと囁いた。人を驚かせるような言動もたくさんするフミコだけど、トモはこの人を嫌いになることはない。というより、たぶん好きなんだと思う。

「おいしいです」

マキオが改めて言うと、「よかったです」とヨシオが答え、男ふたりが静かに笑みを交わす。でもそんなほのぼのとしたやり取りなどまったく無視して、フミコは突然トモを見た。

「どう、トモちゃん？　そろそろオッパイ大きくなってきた？」

またそうきたか。そう思いつつもどう反応していいかわからずにいるトモの代わりに、リンコが食べているものをうっ、と喉に詰まらせている。

「お母さん！」

リンコに注意されても、フミコは相変わらず楽しそうに笑っていた。

＊

数日後の帰り道、墓地の横の階段にさしかかる角を曲がると、ゲームの音が聞こえてきた。顔を上げると、カイが座ってゲームをしている。カイはトモの姿を見ると、ハッとして立ち上がった。

「……ゲームやる？」

トモは声をかけた。学校でほとんどしゃべらなくなったトモは、今日初めてこんな大きな声を出したかもしれない。

「うん」

カイが驚きと喜びの入り混じった声でうなずく。トモは階段を駆け上がって、カイと並んで歩き出した。

トモはカイをマキオの家に連れてきた。

「あ、なんか左、左！」

「違う、そうじゃないって！」

「オバケだよ、オバケ」

「あー死んじゃう死んじゃう」

トモとカイ、そして早番で帰ってきたリンコも参加して、Ｗｉｉの対戦ゲームで盛り上がる。

「あ、終わった……」

ゲームオーバーになり、負けたリンコが声を上げる。勝ったのはカイだ。

「あーっ！」

トモは真ん中に座っているリンコの向こう側に手を伸ばしてカイを叩いた。

みんなで声を上げ、ゲラゲラと笑う。

「ねえ、もう一回やろ」

トモは言ったが、

「いやもうダメ、真剣に勝負しすぎちゃってお腹空いちゃったぁ」

リンコはぐったりしてソファにもたれている。

「えー」

「ケーキ食べにいこう。カイくんも」

リンコの提案に、トモは「やったー」と声を上げた。


三人で、リンコおすすめのカフェに入ってケーキセットを頼んだ。トモはこんなおしゃれなカフェに入るのは初めてだ。さんざん迷った末に、ロールケーキを選んだ。


プリンを選んだカイは、学校にいるときとはまったく別の生き生きとした表情を浮かべている。リンコともすっかり打ちとけていて、特技を披露すると言って、リンコのお財布の中にある小銭をテーブルの上に出してもらっていた。カイはまず五百円玉を立て、その上に百円玉を横にして置き、その上に一円玉を立てた。カイが手をはなしても、バランスを保っている。

「おお！」

トモとリンコが拍手をすると、小銭が崩れてしまった。カイは残念そうに声を上げながらも、途中だったプリンの続きを食べ始める。

「ねえ、トモは何年生まれ？」

リンコがテーブルの上の小銭を見て尋ねる。

「二〇〇四年」

「それはつまり平成……」

「十六年」

トモは答えた。

「カイくんも一緒？」

「はい」

カイがうなずいた。

「自分の生まれ年のコインを持っておくと、幸運が訪れるんだよ」

リンコはそう言いながら、小銭の製造年をひとつひとつ確認している。

「ホント？」

カイは目を輝かせた。

「そんなんで幸運が訪れるんなら、世界中のみーんながシアワセだよ」

トモはテーブルを挟んだ席にいるリンコに憎まれ口をきいた。

「信じるか信じないかは、自分次第。ごめん、一個しかないや、平成十六年」

きれいなピンクのマニキュアを塗った指で、リンコは五十円玉をひとつ、トモとカイの前に出す。トモはその手から素早く五十円玉を奪った。

「ずるっ！　トモは信じないんでしょ」

カイは口を尖らせた。

「信じないけど、とりあえずもらっておく」

五十円玉をポケットにしまったトモを、リンコとカイが笑って見ていた。

このとき、たまたまカフェの前を通りかかったナオミがガラス越しにカイたちの姿を見つけた。ナオミが恐ろしいものを見るような目つきで立ち尽くしていることに、三人は気がつくはずもなかった。

その夜、トモはお風呂から出た後も編み物をしていた。毎日ひとつ仕上げることを目標にしているのに、カイと遊んでしまってできなかった。その分を挽回したくて頑張っていたけれど、ふわあ、と大きなあくびが出る。

「もう寝なさい」

トモの隣で成形されたものに綿を詰めていたリンコが声をかけてきたけれど、トモは手を止めなかった。


次の休日、トモとマキオは完成した毛糸のボンノウの数を数えていた。マキオが籠の中から放った色とりどりのボンノウを、トモが受け取って積み上げる。

「……八十三、八十四、八十五、八十六」

「あと二十二個か」

マキオが呟いた。

「ねえ、これ編んだの誰？ 左に反りすぎ。マキオでしょ」

そばで綿を詰めていたリンコは、曲がったボンノウを握っている。

「うん、ボクかもね。無意識に自分のものと似せてしまった可能性ある」

マキオは抑揚のない、淡々とした口調で言う。

「うっそ。あんたのこんな立派じゃないくせに」

リンコはあきれて言った。

「こんなもん?」

トモは目の前に積み上げた山の中から、白くてナヨッとしたボンノウを取り上げて、マキオの前で振ってみる。

「そこまでヘナチンじゃないぞ」

マキオは目の前にあったボンノウを両手に持ってトモに投げてきた。

「やめてー、散らかさないで」

リンコは転がったボンノウを拾って山に戻した。

「じゃ、これ?」

トモはその中からボーダー柄の特大のボンノウを手に取ってマキオに見せる。

「そりゃ、大きすぎだろ」

マキオはまたトモにボンノウを投げてきた。

「わっ」

トモはいくつかのボンノウを手に持って、リビングに逃げる。

「やめてー。もう散らかるー」

そう言いながら、リンコもマキオにボンノウを投げた。マキオは籠を持ち上げて、中身をリンコの頭にかける。

「きゃあっ」

悲鳴を上げたリンコに、トモもリビングからボンノウを投げた。リンコとマキオは和室の畳に広がったボンノウを拾い上げてトモに投げてくる。三人の笑い声と、カラフルなボンノウが、部屋の中に飛び交う。

やわらかい春の陽射しに満ちた部屋の中で、その光景はまるで幸福という名の粒子が飛び交うスローモーションの映像のようで……。

「ハア……」

しばらく投げ合いをした後、荒い息をしながら、マキオが畳に寝転がった。

「……トモ、このままボクたちと一緒に暮らさないか?」

散らかったボンノウの中で大の字に転がったマキオは、天井を見上げながら言う。

え、それはつまり……。

ソファから和室の方に身を乗り出していたトモの笑顔は、一瞬ひきつった。何かを言わなくちゃ。そう思ったけれど、喉の奥に言葉が詰まってしまう。リンコが自分の方を気にしているのがわかるけど、それでも言葉が出てこない。

「もっと広い部屋に引っ越して、トモの部屋も用意したい」

マキオの言葉は、天井に投げかけられたまま宙を漂っていた。

＊

「ただいま」

学校から帰宅したカイは自分の部屋に行き、机にランドセルを置いて教科書を出した。帰ってきたらすぐに明日の時間割を揃えなさい。ナオミに言われたことを、ちゃんと守っている。

明日の分の教科書をランドセルにしまい終えたカイは、机のそばに置いてあるゴミ箱の中身に気づいた。膝を立てて座り、中身を手に取ると、それは丸められ、引き裂かれた便箋だった。

『大野先輩へ』『突然こんな手紙を』『僕はいつも校庭でサッカーを』『先輩のことが好きです』。

悩みながら、何度も消しゴムで消しては書いた文章が、切れ切れになってい る。カイは小さな紙切れになった便箋を手に、呆然と座り込んだ。あまりの衝撃で歯がガチガチと鳴り、全身が震えてくる。カイはそのまましばらくの間、動くことができなかった。

『鯉にえさを与えないでください』

池の看板には『絶対に』という手書きの紙が貼ってある。

「斉藤さん、こちらにいらしたんですね」

中庭に出てきたリンコは、斉藤を見つけて声をかけた。背筋を伸ばして、ベンチに座っていた斉藤は、朝食の残りの食パンをちぎって鯉に投げていた。ここに立ててある看板は、まったく役に立っていない。

「お風呂の時間ですよ」

リンコは斉藤の肩にショールをかけた。

「ん？　うん」

斉藤は夢から覚めたような顔でリンコを見る。

「はい」

リンコは斉藤の手を取り立ち上がらせた。

「ん？」

斉藤がリンコの手に自分の手を重ねて立ち止まる。また手が大きいと言われてしまうのだろうか。リンコは斉藤の顔をうかがっていた。

「この手はアレだ、キレイな心の人の手だ」

斉藤の言葉に、リンコはふっと微笑んだ。


目標の一〇八個まであともう少し。完成を急がなくちゃいけない。トモは学校でもボンノウを編んでいた。どうせもう、喋る友だちもいない。

教室内のクラスメイトたちは、編み物をしているトモがまるでそこに存在しないかのようにふるまっている。でもそれならそれでいい。

「またやってるよ」

「……キモいよね」

かすかに聞こえる声に顔を上げると、アヤたちがトモの方を見てニヤニヤしている。どうせ口をきいてくれないのなら、放っておいてくれたらいいのに、面倒くさい。

でも、無理してクラスメイトに合わせていたときも面倒くさかった。学校という場所は、トモにとっては面倒くさいことだらけだ。何かとふたり組にならなくちゃいけなかったり、お楽しみ会や遠足ではグループにならなくちゃいけなかったり。

トモは、自分が置かれている家庭の状況を悟られないように細心の注意を巡らせて過ごしていた。でもそれも無駄だった。

トモは編み棒に視線を戻した。

と、そこにカイが教室に入ってきた。いつも早く来て本を読んでいるカイがギリギリに登校してくるなんて珍しいなと思っていると、まっすぐにトモの机に向かって歩いてきた。クラスメイトたちの視線がトモとカイに集まる。

「ごめん」

カイはいきなりトモに謝った。

「え？」

トモはわけがわからない。

「とにかくごめん。本当にごめん。ごめんなさい」

カイは今にも泣き出してしまいそうだった。

＊

その日の夕方、トモとマキオは、和室で洗濯物をたたんでいた。

「ボク、タオル専門ね」

「じゃ、アタシ、マキオのダサいパンツ担当ね」

トモは洗濯物の中からマキオがよくはいている幾何学模様のパンツを取り出した。

「ダサくないよ」

「ダサいよ」

「ダサくないよ」

「ダサいよ」

ふたりが言い合っていると、玄関のチャイムが鳴った。

「あれ、リンコさんかな」

マキオが、立ち上がり玄関のドアを開けにいく。リンコさん、という響きを聞いただけで、お腹が空いてきた。すぐにただいま、と、リンコの声が聞こえてくるかと思ったけれど、どうやら違うみたいだ。宅配便でもきたのだろうか。トモは首を伸ばして玄関をのぞいた。と、そこには暗い色のスーツを着た女性と、その後ろに男性がふたり、立っている。

「こんばんは。児童相談所の金井と申します」

「はい?」

立ち尽くしているマキオにはかまわず、金井たちが失礼します、と、入ってくる。そして、キッチンやダイニング、そして和室を、点検するように見回した。ほとんど表情のない金井は、トモと目が合うと、ごくわずかに微笑んでくる。

「トモさんは、いつからここで生活されているんですか?」

金井がマキオに尋ねた。

「一か月前くらいから」

マキオはトモをかばうように、和室の戸口に立った。

「お母さまが帰っていらっしゃらないとか」

「……ええ。なので、叔父のボクがあずかっています」

と、そこにリンコが帰宅した。職員たちはいっせいに振り返り、リンコを上から下まで眺める。そして三人で目を合わせた。

「……え？」

リンコはわけがわからず立ち尽くしていた。

「こんばんは」

金井が声をかけると、

「……こんばんは」

リンコも小声で挨拶を返す。

「トモさんが生活する環境として、好ましくないという通告がありました」

金井は再びマキオに向き直った。

「そんな……」

マキオが絶句している。

「少し、トモさんとふたりでお話しさせていただけますか？」

金井は和室をのぞきこみ、トモに視線を移す。トモは怯えた目で金井を見つめ返した。


「何か辛いことや困っていることはない？」

金井はトモを和室の本棚の前に立たせ、服の上から体を上から下までチェックしていった。トモはただ無言で首を振る。

「ない？　じゃ、ちょっと腕見せてもらっていいですか？」

金井はトモのトレーナーの腕をめくる。

「ありがとう、じゃあ反対も」

と、もう片方の腕も見る。

「どこか痛いとこや、怪我してるとこはないですか？」

トモは首を振った。朝、学校でカイが謝ってきたのはこのことだったのか、と、ようやくわかった。ナオミがトモのことを、通告したのだろう。

「大丈夫？」

ぼんやりとしているトモに、金井は尋ねてくる。あんたにこうやって触られている方が、よっぽど大丈夫じゃない。トモは逃げ出したい気持ちをぐっとこらえ、うなずいた。

「ありがとう、これで終わります」

金井はトモに言うと、部屋の様子をチェックしていた男性職員に向かって目で合図をした。トモは、リビングで心配そうに立っているマキオとリンコのもとに歩いていった。そして、リンコの腕の中に倒れ込むように抱きついた。リンコがしっかりとトモを抱き止め、ソファに座らせる。

リンコの腕の中で、トモは全身を震わせた。

怖かった。怖くてたまらなかった。怯えると同時に、トモは怒っていた。全身が震えるほど、腹立たしかった。

そんなトモたちの様子を見ていた金井は、マキオに頭を下げて、帰って行った。

＊

カイは部屋のカーテンを閉め、バイオリンを手に、目を閉じていた。ゆっくりと目を開け、ブラームスのバイオリンソナタを弾き始める。

これは、自分のために贈る曲だ。

一度も間違えることなく、完璧に弾き終えたカイは、リビングに行って薬箱の中からそこにあるだけの瓶を出した。ナオミが眠れない夜に飲んでいる薬だ。カイはお気に入りの図鑑の上に水色の紙を広げて、錠剤を並べていった。白い錠剤を魚の形にして、最後に赤い錠剤で目を入れる。

一瞬、海の中を泳いでいる魚が動いたように見えた。可愛いな。カイは微笑んだ。そして錠剤をひとつ、口に入れた。ふたつ、みっつ……そして一気につかんで、口に放り込んだ。

その晩、リンコは布団を三つ、並べて敷いた。川の字に三つ並べた布団の真ん中には、リンコが眠る。

トモは目を覚ました。手の中の猫柄のハンドタオルをちらりと見て、少し考えてから手を放す。トモは寝返りを打ち、リンコの布団に入っていった。仰向けに寝ているリンコのオッパイに手を伸ばし、触れてみる。

気づいたリンコは、自分の胸に置かれたトモの手を動かさないように押さえながら、もう片方の手をそっとトモの首の下に回して布団の中で抱き寄せた。リンコはトモの頭をやさしく撫で続けた。

＊

翌日は、土砂降りだった。トモはあたりをうかがいながら、病院の入り口に入っていった。そしてもう一度周りを見回して、忍者のように廊下の壁にピタリと背中を這わせながら、進んでいく。少し進んでは柱の陰に隠れ、また少し進む。入院部屋が並ぶフロアまで来たとき、あともう少しというところで病室のドアが開き、ナオミが出てきた。トモは素早く近くの壁に隠れる。ナオミはトモには気づかず、階段を下りていった。トモは階段をのぞきこみ、ナオミが戻ってこないのを確認する。そして、さっきナオミが出てきたドアから病室に滑り込んだ。ベッドに体を起こしていたカイが、顔を上げる。

「あー、ビビった。あんたのママと顔合わすとこだった」

カイの腕は点滴に繋がれていた。うつむいているカイの顔はただでさえ色白なのに、いつもよりさらに血の気がなく、真っ青だ。でもとりあえず元気で、ホッとする。

「さすが金持ち。いい部屋だね。一泊四十万だな、これは」

病室をぐるりと見回しながら、トモはわざとらしいくらい明るくふるまった。テーブルの上に置いてあるクッキーの木箱から、勝手に一枚取る。

「そんなにしないよ」

カイは真面目に答えた。

「……ねえ、死ぬ手前ってどんな感じ？　よく光に吸い込まれるような、とか言うじゃん。死んだおじいちゃんとか出てきた？」

会話が途切れないように、とにかく話し続ける。

「……覚えてないよ。おじいちゃん死んでないし」

「なんで覚えておかないのよ。頭悪っ」

トモは持っていたクッキーの袋を乱暴に開けた。病室の椅子に座って食べているると、カイが深くため息をついた。

「……大野くんに手紙書いた」

「ラブレター？」

トモは尋ねる。

「うん」

カイはうなずいた。

「出したの？」

カイはうつむき、首を振った。

「出す前に、ママに読まれて破かれた」

「うわー、そりゃ死にたいね」

わざと軽い口調で言う。

「うん、ホントに……なんで死ねなかったんだろう」

笑っているカイの背中が震えている。

「ママに言われた。ボクは、とっても罪深いんだって……」

カイの言葉を聞いて、トモは黙った。でもすぐに立ち上がり、ベッドのそばに行く。そして、カイの目を見てはっきりと言った。

「あんたのママは、たまに間違う」

トモの言葉に、カイが顔を上げた。

「だって、絶対にそんなことない。絶対に、ぜーーーーっっったいに」

トモは息が続くかぎり、力を込めて言った。そしてパーカーのポケットから取り出したものをカイの手の中に握らせた。トモからのお見舞い。トモからカイへの思いだ。

カイは布団の上に力なく投げ出されていた手を開く。それはあの日、リンコが見つけた平成十六年の五十円玉だった。

＊

次の三人そろっての休日は、見事に晴れ上がった。半袖Tシャツ姿のトモは、土手のバス停のベンチでボンノウを編んでいた。両隣には、リンコとマキオがいて、ふたりもひたすら編み物をしている。

やがてバスが来て乗り込むと、三人は後部座席に並んで座り、編み物の続きをする。バスは橋を渡り、海沿いの道を走り抜け、終点に着いた。

「わあ、海だ！」

トモははしゃぎながら砂浜を走って行く。その後ろから、日傘を差したリンコとマキオが手をつないで歩いてくる。

眩しい陽射しの下、サングラスをした三人は堤防にシートを敷いて座り、また編み物を始める。

「リンコさん」

編み棒を動かしながら、トモはリンコに声をかけた。

「ん？」

「実際に切ったチンコって、どうなるの？」

トモはおもむろに尋ねた。

「ずいぶん思い切ったこと聞くね、トモ」

マキオが言う。

「これだけのチンコ編んでるんだから、そういうこと聞いてもいいような気がする」

「答えなくていいですよ、リンコさん」

マキオは言ったけれど、

「チンコを完全に切り取るわけじゃなくて、リサイクルするの」

リンコは完成したボンノウに綿を詰めながら語り始めた。

「リサイクル？」

トモは首をかしげる。

「中身を出して、皮をひっくり返して、作った穴に貼るの」

リンコは一度綿を詰めたボンノウから綿を出し、ひっくり返して、説明する。

「……ああ」

想像するだけで痛みを感じたのか、マキオは顔を伏せた。トモも同じく、空を見上げて想像してみる。

「すげぇ……」

トモは後ろに倒れ込んで、まぶしさに目を細めた。

実際に、それは想像を絶するほど痛かったし、トモの言うように「すげぇ」ことだった、と、リンコは思う。あの日々のことを思い出すだけで、今でも痛みが蘇ってきて辛くなる。

私服で通える自由な校風の高校へ行き、卒業したリンコは、フミコに付き添われ、睾丸を取る手術をした。そして二十歳になったとき、こつこつ貯めたお金で胸を作る手術を受けた。一週間ベッドから動けず、歯を食いしばり、もんどり打って痛みに泣いた。そのときも献身的に看病してくれたのはフミコだった。

手術後、リンコの第二の人生が始まった。介護の勉強をして資格を取り、介護士になった。今働いている施設は、リンコの事情をわかってくれ、ピンクの制服を支給してくれた。よく気がつく上に、女性よりも背が高くて力が強いリンコは重宝され、スタッフからも入所者からも愛される人気者になった。

そしてマキオに出会えた。これまでの苦難の道もマキオに繋がっていたのだと思えば、それが自分の運命なのだと思える。そのうえ、トモも一緒に男根への供養をしてくれる。

今日この日の光景をよく覚えておこう。リンコはサングラスをはずし、陽射しに目を細めながら、しみじみ思った。

ようやく一〇八個編み上げたときには、もう夕暮れが近づいていた。

三人は砂浜に枝を三本突き刺してツリーのような形にして、そこに次々にボンノウを刺し込み、積み上げていった。

「トモ、大きいの取って」

手を出してくるマキオに、大きいのを二つ選んで「はい」と渡す。

「ありがとう」

「あ、けっこう向こうに行ってる」

トモは風に飛ばされたボンノウを指差した。波にさらわれる前に慌ててマキオが拾いに行く。

「一〇二」

「一〇三」

「一〇四……」

三人で順番に積み上げていく。

「一〇五」

「一〇六」

「一〇七……」

そして最後はもちろん、リンコだ。

ピンクとグリーンとブルーのボーダーになっているボンノウを、リンコが一番上に刺した。

「一〇八」

三人は立ち上がり、編み上げたボンノウを見下ろした。しばらくそうしているうちに夕陽が沈み、あたりが暗くなる。

リンコはマッチを擦って、さっき自分が刺した一番上のボンノウに火を点けた。火が下に下りていき、オレンジ色の炎が燃え上がる。三人は無言で火を見つめていた。

パチパチと火の粉が空に舞い上がる中、リンコはぎゅっと目を閉じ、両手を合わせた。

＊

数日後——。

「ありがとうございました。またお越しくださいませ」

マキオはいつも通り書店のレジに入っていた。

「次の方どうぞ」

列を作っている客に呼びかけると、目の前にボン、と乱暴に女性誌が置かれた。顔を上げると、そこにはヒロミが立っていた。バーコードを読み取ろうとしたマキオの手が、思わず止まった。

「ただいま」

学校から帰ってきて、玄関で運動靴を脱いだ。そのままダイニングに入ってきて顔を上げると、テーブルにヒロミがいた。一瞬、ここがどこなのか、何が起こっているのかわからずに、トモは足を止めた。

「トモ、久しぶり」

ヒロミはお茶を飲みながら、笑顔でトモに声をかけてくる。トモはテーブルの手前で、無言のまま立ちつくしていた。ヒロミの向かい側にはマキオが深刻な表情で座っていて、リンコはと顔を上げると、リビングのソファに座り、心細そうにダイニングの様子を見ている。

「元気だった？」

元気だったけれど……。

ヒロミの質問に、トモは答えられなかった。

「やだ、どうしたの、黙っちゃって」

明るく笑いかけてくるわりには、ヒロミはやつれている。

「どこ行ってたんだよ」

トモが聞きたかったことを、マキオが聞いてくれた。

「んー、あちこち。おかげでスッカラカンよ。また頑張って働かなきゃ」

あんたたちにそれ以上は何も話す気がない、とばかりに、ヒロミは立ち上がった。

「帰ろ」

まだ立ち尽くしているトモに声をかけ、

「いろいろお世話になりました」

椅子にかけていた上着をさっと羽織り、マキオとリンコに頭を下げる。もうだいぶ気温は高いのに、ヒロミは季節外れの暗い色のコートを着ている。

「行くよ」

ヒロミが玄関で呼んでいるけれど、トモはまだ動けない。

「姉ちゃん……」

マキオがヒロミに声をかける。

「ん？」

ヒロミは数歩戻ってきた。

「実は……トモのことなんだけど……」

言いかけたマキオに、ヒロミは怪訝な表情を浮かべる。

「引き取りたいんだ。リンコさんと一緒に、トモのこと、ちゃんと育てていきたいと思ってる」

「え？」

ヒロミは顔をしかめた。

「本気なんだ。リンコさんとも話し合った。リンコさんは、トモのことすごく可愛がってくれてる。大切にしてくれてる」

そしてマキオの方に体を乗り出し、

「え、冗談でしょ」

と、バカにしたような口調で言う。

「本当の母親になりたいって言ってくれてるんだ」

マキオは態度を変えず、きっぱりと言った。

その言葉を聞いたヒロミはリンコを見て、鼻で笑った。

「そんなの無理に決まってるじゃない！　だって、あの人……」

ヒロミはそこで言葉をのみこんだ。でも何を言いたかったのかは、この場にいるみんながわかっていた。家の中はシンと静まり返る。

「マキオ、あんたの性的指向について私は何も言わない。そりゃ、すごく驚いたけど、そこはあんたを尊重する。でも、だからって……」

口を開いたヒロミを遮り、

「お願いします!」

リンコが立ち上がって頭を下げた。

「トモのこと、大切にします。お願いします!」

「何言ってるの? あげるわけないじゃない。トモは私の子よ」

ヒロミはトモを後ろ手に隠すような仕草をした。

「……姉ちゃん、今回が初めてじゃないじゃないか。トモのこと放り投げて、仕事辞めて男とどこかに行っちゃって。無責任にもほどがあるよ」

マキオがヒロミを責める。

「ちょっとあずかってもらっただけでしょ。私ね、女なの。母である前に、女なのよ。そりゃ、ひとりで育てて、どうしようもないときだってあるでしょ? 何、そんなのも許してもらえないの?」

「許せません」

リンコがリビングから言った。

「女とか母とかの前に、まず子どもを守らなきゃ。人として、大人として」

言われたヒロミが、リンコに詰め寄っていく。慌ててマキオも立ち上がった。

「あんたに何がわかるのよ！　母でも女でもないくせに！」

「リンコさんは女だ！」

マキオが唇をかみしめながら、声を震わせた。

「じゃ、あんた、あの子が生理になったときにちゃんと教えられる？　胸が大きくなってきたときに、どのブラジャー最初に買ってあげればいいかとかわかる？　わかんないでしょう！　あんたは、母親にはなれないの。わかるでしょ。あんたは、一生、母親にはなれないの！」

ヒロミも声を荒らげた。リンコは何も言い返せず、うなだれた。マキオもどうしていいかわからずにいる。うつむくリンコを見ていたら、トモはがまんができなくなった。激しく音を立てながら近づいていき、ヒロミを睨みつける。

ヒロミが「何よ」と言いたげな表情でトモを見返してきた。久しぶりに至近距離でヒロミを見た途端、トモの中で何かが音を立てて切れた。トモは歯を食いしばり、めちゃくちゃにヒロミの背中を叩いた。

「なに？」

驚いて振り返ったヒロミの腕やお腹を、なおも叩き続ける。

「……痛い。ちょっと、やめて」

ヒロミが痛がっても、やめろと言われても、トモの手は止まらなかった。右手と左手を回すようにして、ヒロミを滅茶苦茶に叩き続けた。自分の感情が、自分でもコントロールできない。

「リンコさんはご飯作ってくれた。キャラ弁作ってくれた。髪も可愛く結んでくれた。編み物教えてくれた。一緒に寝てくれた！」

歯を食いしばり、力を込めてバシバシと叩く。

リンコを傷つけるな！　ふざけるな！　謝れ！

カイの母親に洗剤をかけたときのように、トモの気持ちはおさまらなかった。

「もう、やめなさい！」

ヒロミは床に座りこみ、トモの腕を力強くつかんだ。

「何？」

ヒロミが大きな声で尋ねる。

「……どうしてママはしてくれないの？」

ついに、トモの気持ちが爆発した。

「どうしてもっと早く迎えに来てくれないの？」

トモはヒロミの袖を持ち、涙声で訴えた。トモの気持ちを聞いたヒロミは驚いたような表情を浮かべ、トモを見上げている。

「……わかんないよ、そんなの。わかりたいけど、わかんなくって……、たまにどうしようもなくなって……」

それだけ言うと、ヒロミはつかんでいたトモの腕を離した。トモもヒロミの袖を離す。

ユウセンジュンイがうまく考えられない人。マキオがいつか言った通りのヒロミが、目の前で力なくうつむいている。その姿は、トモよりも幼い少女のようだった。うつむいていたヒロミは力なく立ち上がり、鼻をすすりながら玄関に向かう。

「ママ……？」

トモは慌ててヒロミを追いかけた。

「ママ、ママ……！」

靴を履こうとしていたヒロミの背中に飛び込むようにして、ぎゅっと抱きつく。

「ママと一緒にいる」

トモは絞り出すような声で言った。

どこに行くの。もう置いていかないで。ひとりにしないで。

トモも、ヒロミも、泣いていた。お互いの体が震えているのが、伝わってくる。ヒロミは自分の腕をぎゅっとつかんでいるトモの手に、自分の手を重ねた。トモは嗚咽を漏らす。ふたりはしばらくそのままでいたけれど……。

「でも……、今日はママひとりで帰って……」

トモはヒロミの顔を見上げて言った。ヒロミと一緒にいる。でも今夜はここにいたい。これも、トモの正直な気持ちだった。

ヒロミはトモの手を握ったまま下ろし、無言で振り返った。マキオとリンコを見て、トモに小さくうなずくと、ふらふらと靴を履き、玄関のドアに手をかけた。

「姉ちゃん……」

マキオに呼び止められ、ヒロミは足を止めた。

「トモは、コンビニのおにぎりが、嫌いなんだ」

マキオの言葉に、ヒロミは背を向けたまま何かを言いたそうにしていた。でもため息で言葉にならなかったようだ。ヒロミは小刻みにうなずいて、出て行った。

リビングから一歩も動くことなく、トモたちの様子を見ていたリンコは、無言のまま床に視線を落とした。

＊

夜、三人は川の字に布団を敷き、電気を消した。リンコとトモは仰向けに行儀よく、マキオはふたりに背を向けて眠っている。でも、目を閉じているだけで誰も眠っていない。誰もがそれをわかっている。リンコはその気配を感じて

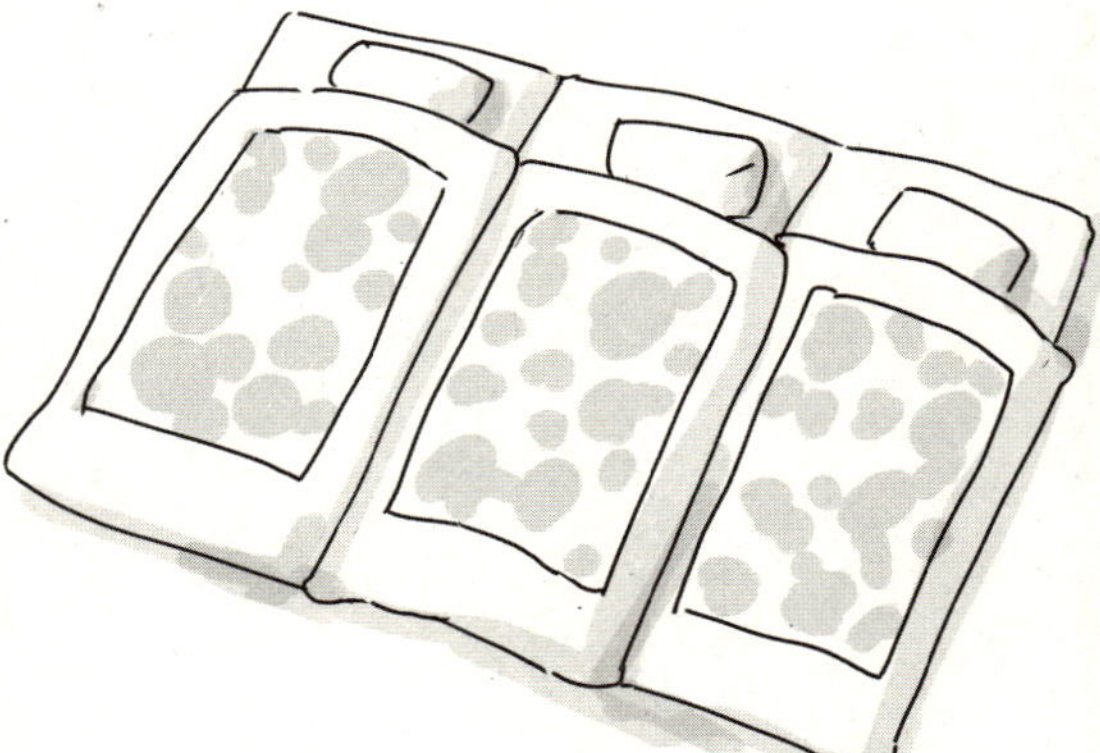

いた。

「ああ、よかった」

リンコは小さな声でつぶやいた。

「ん？」

トモが尋ねてくる。

「これでゲームとか脱ぎっぱなしの服とか、片づけないでいいって思うとせいせいする」

精一杯の、強がりだ。

「アタシも。もうリンコさんに髪の毛引っ張られないと思うと嬉しい」

トモの答えが返ってきて、寝室がシンと静まり返る。

「……ごめんね」

トモは消え入りそうな声で言った。

「謝んな。悲しくなる」

鼻の奥が痛くなる。ごまかそうとしたけれど、リンコは涙声になっていた。

トモの方に体を向け、ぎゅっと目を閉じた。すると、トモが布団の中に入ってくる。リンコはトモを強く抱き寄せ、トモの手を自分のオッパイに導いた。トモはリンコの胸に顔をうずめて静かに泣いた。リンコもこらえきれずに泣いてしまう。背中を向けているマキオも泣きそうになっている。鼻をすする音だけが響く寝室で、リンコにはその気配が伝わってきた。

ヒロミはヒールの音が鳴らないように用心しながら、夜の廊下を歩いていた。静かにドアを開け、部屋の中にすべりこむ。ヒロミはベッドの中で静かに寝息を立てているサユリの顔を見下ろし、しゃがみこんだ。

「ひとつ　ひよこが　籠の中　だいろくねんね。ふたつ　船には　船頭さんがだいろくねんね……」

その穏やかな顔を見ているうちに、幼い頃歌ってもらった子守唄が自然と口をついて出る。ヒロミは手を伸ばして、そっとサユリの髪に触れた。

トモが寝入ってから、リンコは起き出してスタンドの明かりを点け、ソファで編み物を始めた。必死で編み続けるうちに、窓の外が明るくなってきた。新聞配達の自転車が走ってきて、あたりの家のポストに投げ入れる音がする。

編み終えたリンコは立ち上がり、ガウンの前を合わせてベランダに出た。あたりは青白く靄《もや》がかかっている。

トモが可愛くて、トモと一緒にいたくて。

もうこれ以上傷つくのが嫌だから、望みすぎないように気持ちをコントロールして生きていた。マキオがいるだけでじゅうぶん幸せだったのに、少し欲張りになっていた。

結局自分が傷ついただけじゃなくて、トモにも気を使わせてしまった。

ごめんね。

トモにそんな言葉を言わせてしまった。トモは何も悪くない。そう言わなくてはいけないのはリンコの方だったのに。

リンコはふと、遠くに建ち並ぶ住宅街に目をやった。今までは気がつかなかったけれど、ベランダから見える川の向こうに、しまい忘れた鯉のぼりが泳いでいた。リンコは手すりに頬杖をつき、うっすらと笑みを浮かべながら鯉のぼりを見つめていた。

＊

トモが目を覚ますと、リンコが朝食を作ってくれていた。寂しさに胸が詰まって食べられそうもないと思ったけれど、箸をつけたら、リンコの料理はやっぱりおいしくて、ぺろりとたいらげた。

朝食を食べ終えると、いよいよお別れだ。マキオがトモの荷物を手に先に下りていく。トモはリンコと手をつなぎ、ゆっくりと団地の外階段を下りた。

「ひとりで大丈夫？」

呼んであったタクシーに荷物を載せながら、マキオが尋ねてくる。

「うん、大丈夫」

トモは答えた。

「トモ、姉ちゃんを、お願いします」

マキオが頭を下げる。

「……はい」

トモは返事をして、リンコを見た。リンコはトモの前髪と、パーカーの乱れを直す。トモは目の前にいるリンコをじっと見た。

「いつでも遊びに来ていいから。いつでも待ってるから」

マキオが言う。

「ありがとう」

トモは涙をこらえていた。

うなずくトモを、リンコが抱きしめる。リンコはいつものように温かくて、いい匂いがする。トモはぎゅっと目を閉じて、リンコの感触と匂いに包まれていた。

マキオの言う通り、いつだって遊びに来られる。いつだって会える。だけど……。リンコを傷つけてしまった。自分でもよくわからなかったけど、昨日、トモはヒロミの背中に抱きついていた。

リンコとマキオとの生活は楽しかった。これまでの何年分も笑った。このままここにいたい。ずっとこの時間が続けばいい。時折そんな気持ちにもなった。それは嘘じゃない。

でも、川べりの階段をヒロミが上っているのを見たとき、ものすごく動揺した。必死で追いかけていた。マンションにヒロミがいなかったときは、悲しくて、膝から崩れそうになった。

どうして、トモがヒロミのユウセンジュンイの一位になれないんだろう。どうしてヒロミはトモがいるだけじゃダメなんだろう。そう思うと悔しくてたまらなかった。

「リンコを傷つけるようなことしたら承知しないよ」

そう言ったフミコの真剣な顔は、背筋が凍るほど怖かった。

「自分の娘が一番可愛いんだもん」

そう言い切ったフミコの心からの笑顔に、トモは驚き、圧倒された。

トモは、リンコが羨ましかった。

ヒロミにそう言ってもらえない自分が悲しかった。

迎えに来てくれたヒロミの顔を見たとき、どうしたらいいのかわからなかった。

ヒロミが自分にしたことにはムカついている。今だって全面的に信用しているわけじゃない。マキオとリンコの方がずっと信用できる。それなのに、ヒロミの顔を見た途端、どうしようもなくホッとした。もう絶対にどこにも行かないで。叫びそうになっている自分がいた。

説明しようと思っても、うまく説明できない。

何を言っても、本当の気持ちじゃないような気がする。

頭の中はぐちゃぐちゃだった……。

リンコは抱きしめていた腕をほどくと、トモをタクシーに押し込んだ。そして、マキオに持たせていた包みを手に取り、無言で押しつけるように、トモの膝の上に乗せる。リンコにしては乱暴な仕草だ。でも、包み紙はピンク色で、きれいなリボンがついているところはとてもリンコらしい。

「お願いします」

マキオが言い、タクシーのドアが閉まる。トモは真っ赤な目でリンコを見ていた。そしてタクシーは走り出した。

リンコとマキオは、魂が抜けたように部屋に戻ってきた。和室の入り口に立ち、リンコはぼんやり室内を見つめた。

トモのいない、部屋。

もうトモが帰ってこない、部屋。

リンコが帰ってきても、床には放り出したランドセルもないし、Wiiの音も聞こえてこない部屋。

ほんの少し前はそうだった。ただいつもの生活に戻るだけ。なのにどうして、こんなにも空虚な気持ちになるのだろう。

と、本棚の前にトモの猫柄のハンドタオルが落ちていた。リンコはタオルを拾い上げた。

このタオルを自ら手放し、トモはリンコの布団に入ってきた。

あの晩、トモは赤ちゃんじゃなくなったの？

さっき、リンコの胸の中で泣いていたトモは少し、オトナになったの？

リンコはハンドタオルを手に取り、顔をうずめた。

「……っ」

こらえていた涙が、あとからあとから出てくる。自分の方がトモよりずっと子どもみたいだ。

猫のタオルの代わりにはなれたのかもしれないけれど、ヒロミの代わりにはなれなかった。

肩を震わせて泣いていると、マキオがリンコの背中をしっかりと抱きしめた。

＊

トモがマンションに帰ってくると、部屋はいつものように薄暗かった。でも、いつもの匂いはしなかった。ヒロミの姿はないけれど、昨夜は帰ってきたのだろう。シンクには汚れ物もなく、室内に何日も干しっぱなしだったタオルもなくなっている。カーテンレールにピンチハンガーもかかっていない。和室をのぞくと、布団もきちんとあげてあって、トモが引き裂いたヒロミのブラウスもどこにもなかった。

トモはどさりとリュックを置き、カーテンを開けて座り込んだ。そして、リンコに渡された包みを丁寧に開けた。中から現れたものを見て、トモは息を呑んだ。それは、毛糸で編んだふたつのオッパイだった。

トモはそっと、毛糸のオッパイに手を伸ばした。

本書は、映画『彼らが本気で編むときは、』の脚本を元にノベライズしたものです。

原作 荻上直子（おぎがみ なおこ）

長編劇場デビュー作『バーバー吉野』（03）でベルリン国際映画祭児童映画部門特別賞を受賞。『かもめ食堂』（06）の大ヒットにより、日本映画の新しいジャンルを築く。『めがね』（07）は、海外の映画祭でも注目を集め、08年サンダンスフィルム映画祭、香港映画祭、サンフランシスコ映画祭などに出品され、ベルリン国際映画祭では、ザルツゲーバー賞を受賞した。『トイレット』（10）は、第61回芸術選奨文部科学大臣新人賞を受賞し、『レンタネコ』（12）は第62回ベルリン国際映画祭パノラマ部門に正式出品された。本作『彼らが本気で編むときは、』は監督の脚本によるオリジナル企画である。

ノベライズ 百瀬しのぶ（ももせ しのぶ）

フリーライター。日本大学芸術学部文芸学科卒業。児童書『レシピにたくした料理人の夢 難病で火を使えない少年』（汐文社）、ノベライズ作品『おくりびと』（小学館）、『女が眠る時』（PARCO出版）など。

絵 今日マチ子（きょう まちこ）

漫画家。1P漫画ブログ「今日マチ子のセンネン画報」の書籍化が話題に。4度文化庁メディア芸術祭審査委員会推薦作品に選出。戦争を描いた『cocoon』は「マームとジプシー」によって舞台化。2014年に手塚治虫文化賞新生賞、2015年に日本漫画家協会賞大賞カーツーン部門受賞。近著に『ぱらいそ』『百人一首ノート』『猫嬢ムーム』など。
juicyfruit.exblog.jp/

彼らが本気で編むときは、

2017年1月18日　第1刷

原作　荻上直子
ノベライズ　百瀬しのぶ
絵　今日マチ子

ブックデザイン　山田知子（chichols）
校正　聚珍社
編集　熊谷由香理

発行人　井上 肇
発行所　株式会社パルコ エンタテインメント事業部
〒150-0042 東京都渋谷区宇田川町15-1
電話：03-3477-5755
印刷・製本　図書印刷株式会社

ISBN978-4-86506-203-8　C0095

Printed in Japan